ROGER GEANITON

LEURS RACINES SONT LÀ

⚜ ⚜ ⚜

DU M ÊME AUTEUR

Premiers cris, Port-au-Prince, Haïti, 1960
Vox Sanguini, Ed. de la Revue Moderne, Paris, 1966
Chasse interdite, Ottawa Press, Canada, 1968
Cris du silence, Ed. de la Nouvelle Pléiade, 1970
Chemin faisant, Ed. Pensée Universelle, Paris 1971
Saisons d'exil, Imp. PUF, 1988, Pris du SJE
Les entrailles du soleil, roman, Les éditions du TEMPLE, 2001
Cyclages, Epic Press, Canada, 2002
Les contes de Negodjenn, Les éditions du TEMPLE, 2003
A Season in the Giants' Empire, Llumina Press, 2004
Carnaval, Lifevest Publishing, 2005
L'Entrepôt, Les édition Trafford, 2006
The men of the lost mountains, Les éditions Trafford, 2007
Les Anthropologues face au monde moderne, Les éditions Publibook, Paris, 2007

⚜ ⚜ ⚜

⚜ ⚜ ⚜

Roger Geaniton

Leurs racines sont là

Commander ce livre en ligne à www.trafford.com/08-0618
Ou par courriel à orders@trafford.com

La plupart de nos titres sont aussi disponibles dans les librairies en ligne majeures.

Avis aux bibliothécaires: un dossier de catalogage pour ce livre est disponible à la Bibliothèque et Archives Canada au: www.collectionscanada.ca/amicus/index-f.html

ISBN: 978-1-4251-9076-7

Chez Trafford nous croyons que nous sommes tous responsables de faire des choix sociaux et pour la préservation de l'environnement. Par conséquent, chaque fois que vous commandez un livre chez Trafford ou utilisez nos services d'édition, vous contribuez à cette conduite responsable. Pour en apprendre plus sur votre contribution, veuillez visiter www.trafford.com/responsiblepublishing.html

Notre mission est de fournir le service d'édition le plus complet et de permettre à nos auteurs d'avoir du succès. Pour découvrir comment publier votre livre à votre façon, veillez visiter notre site web à www.trafford.com/2500

www.trafford.com

Amérique du Nord & international
sans frais: 1 888 232 4444 (États-Unis et Canada)
téléphone: 250 383 6864 • télécopieur: 250 383 6804
courriel: info@trafford.com

Royaume Uni & Europe
téléphone: +44 (0)1865 487 395 • tarif local: 0845 230 9601
télécopieur: +44 (0)1865 481 507 • courriel: info.uk@trafford.com

10 9 8 7 6 5 4 3 2 1

A Sergot, mon frère

In Memoriam

⚜ ⚜ ⚜

Nous autres le peuple, nous sommes comme la chaudière : c'est la chaudière qui cuit tout le manger, c'est elle qui connaît la douleur d'être sur le feu, mais quand le manger est prêt, on dit à la chaudière : tu ne peux pas venir à table, tu salirais la nappe.

—Jacques Roumain, Gouverneurs de la rosée

⚜ ⚜ ⚜

Table des matières

Le secret de Miss Gélina … 15

La demande en mariage … 23

Le vélo de Jil … 33

La route du marché … 39

L'héritage … 45

Le commandant … 53

La bavure … 61

La fête patronale … 69

Chemin faisant … 79

Un certain Mister Vlanki … 87

Le rite du cochon … 93

La Confrérie des Gayos … 103

Boss Simon … 109

Necker … 123

Une inadvertance de Milien Zago … 129

Le jardin des élus … 135

Fanfan … 149

⚜ ⚜ ⚜

La déchéance de Duchella Deslauriers ... 155

Les malheurs de la corne à cabri ... 161

Le convoyeur ... 169

Le prix d'une imprudence ... 175

Tisadam ... 181

Maître Karias ... 185

La revanche de Nastasia ... 201

Honneur! Respect! ... 207

Boss Sirius ... 217

Celui qui venait d'ailleurs ... 223

C'était hier à l'Ermite ... 229

Leurs racines sont là ... 233

Glossaire ... 241

1

Le secret de Miss Gélina

COMME CHAQUE APRÈS-MIDI, AU RÉVEIL D'UNE COURTE SIESTE AGITÉE par de mauvais rêves, Miss Gélina se sentait encore plus courbaturée qu'avant de s'être allongée. Il fallait se rendre à l'évidence : le mal gagnait du terrain. Elle se leva avec mille précautions, le moindre de ses gestes lui arrachant de faibles gémissements. Appuyée sur une canne orthopédique, elle fit quelques pas chancelants dans sa chambre aux murs couverts d'affiches géantes représentant toutes la même splendide sylphide coiffée d'un diadème, vêtue tantôt d'un aguichant bikini, tantôt d'une robe de surah rose scintillante de perles et de paillettes, ou encore gentiment emmitouflée dans un manteau de zibeline brun. Miss Gélina contempla longuement ces photographies d'un regard empreint de mélancolie. Puis, après avoir poussé un long soupir, elle alla s'asseoir devant son secrétaire, tira du tiroir son nécessaire et rédigea fébrilement une courte lettre. Puis, l'ayant cachetée, elle passa au salon.

— Alicia !

Une jeune femme, vêtue d'une robe noire et d'un tablier blanc accourut de la cuisine, s'essuyant les mains dans un torchon.

— Madame ?

— Lorsque vous aurez terminé, vous porterez cette lettre au bureau de poste. En recommandé, comme d'habitude.

—Toujours cette lettre pour ce consulat en Inde… Vous gardez donc encore espoir… soupira Alicia en secouant la tête d'un air navré.

Miss Gélina esquissa un sourire triste et coupable, mais ne répondit pas. Elle se laissa couler sur un profond sofa de velours lilas, glissa un coussin derrière sa tête et, fermant les yeux, soupira. Son visage trahissait une grande souffrance.

Cloîtrée toute la journée dans sa bonbonnière, Miss Gélina ne recevait jamais personne. Plus exactement, personne ne songeait à lui rendre visite. Pourtant, quelques mois auparavant, son salon était le théâtre d'un incessant défilé de beaux messieurs tirés à quatre épingles, qui l'ensevelissaient sous les fleurs, les compliments et les chocolats. Elle était alors la reine des cœurs, la perle des Caraïbes, comme l'avait baptisé ce sculpteur cubain de grand renom, tellement enfiévré par sa beauté qu'il l'immortalisa sous les traits parfaits d'une ondine langoureusement étendue sur un rocher. Qui aurait pu croire, en admirant cette statuette posée sur la petite table de marbre du salon, à côté d'un téléphone qui depuis des mois ne sonnait plus, que Miss Gélina en avait été le vivant modèle ?

En effet, en l'espace de quelques mois, Miss Gélina avait connu une déchéance physique aussi soudaine qu'inexplicable, un vieillissement prématuré qui avait fané ses charmes, ridé sa peau et vidé son salon de tous ses soupirants empressés. Elle qui avait remporté trois années de suite le titre de Miss des Amériques vit alors son univers féerique s'effondrer sous les coups perfides d'un mal devant lequel d'éminents médecins avouaient leur impuissance.

Son voisin, maître Sénesclas qui la connaît depuis son jeune âge suivait sa déchéance avec beaucoup de tristesse. Elle se savait épier et, quand leurs regards se croisaient, elle se dérobait avec une pudeur presque infantile. Longtemps, ils s'évitèrent, mais la décence finit par prendre le pas sur l'hypocrisie. Leurs yeux brillent d'une stupeur qui prend feu en se croisant. Jamais spectacle n'est plus émouvant que ces deux forces de caractère qui provoquent une flamme insupportable.

Après avoir versé toutes les larmes de son corps et songé très sérieusement à en finir, Miss Gélina chercha le secours auprès de la philosophie et de la religion. Elle lut beaucoup et médita tant et si bien que, pendant un temps, elle parvint à se persuader qu'elle avait accordé trop d'importance à ce qui, en somme, n'était qu'une écorce, une enveloppe. Elle s'était laissée éblouir par un monde d'apparat et de vanité, préoccupée de sa seule image et négligeant son âme. Le mal qui la frappait était en quelque sorte une bénédiction qui la ramenait de son égarement.

Mais toute la philosophie du monde ne saurait consoler de la perte de ses charmes une femme qui a vu ramper tous les hommes à ses pieds. Lorsqu'elle reposait sa vieille bible écornée, Miss Gélina se retrouvait sans défense contre l'assaut des souvenirs encore frais de ces concours de beauté qu'elle remportait toujours, ces cocktails donnés en son honneur, les tournées à travers le monde, les réceptions dans les ambassades, les soirées mondaines dont elle était le clou. Elle repensait avec sensualité à tous ces beaux charmeurs qui lui débitaient d'une voix mielleuse tant d'hommages et de flatteuses fadaises, et la joie cruelle avec laquelle elle leur faisait miroiter des espérances ambiguës qu'elle concrétisait rarement. Car la Miss des Amériques avait beaucoup reçu, mais très peu donné en retour.

Lors d'une tournée en Inde, au cours d'une de ces innombrables soirées qui marquaient son triomphe éclatant, elle fut intriguée par un bel Hindou enturbanné. Son visage fermé et son regard profond exercèrent sur Miss Gélina une attraction d'autant plus irrésistible que cet homme énigmatique, tout en se tenant résolument à l'écart, ne la quittait pas une seconde des yeux. Dévorée de curiosité, Miss Gélina, légèrement humiliée, se décida à faire le premier pas. Une coupe à la main, elle engagea la conversation en ponctuant chacune de ses phrases par de larges sourires qui dévoilaient ses magnifiques dents nacrées. Imperturbable, l'homme fixa longuement Miss Gélina puis, après avoir posé une main sur son épaule, lui dit de but en blanc qu'il n'était pas trop tard pour la guérir du mal qui avait commencé à la ronger. Interloquée, Miss Gélina le pria de s'expliquer plus clairement. Il l'instruisit alors qu'ils devaient se retirer tous deux dans un endroit tranquille où, lorsqu'elle se serait dévêtue, il pourrait pratiquer sur elle certaines passes magnétiques qui la délivreraient de la maladie qui menaçait de l'emporter. Après quelques secondes de stupéfaction, Miss Gélina éclata de rire. Dieu sait si elle avait entendu bien des histoires farfelues concoctées par des séducteurs qui ne pensaient qu'à la posséder, mais jamais encore on ne lui avait fait le coup du mal incurable. Elle tourna bruyamment en dérision le grand magnétiseur devant tous les invités. Ce dernier, après avoir lancé un long regard de commisération à Miss Gélina, inclina tristement la tête et quitta la salle de réception du consulat. Miss Gélina n'y pensa plus.

C'est aux heures de profonde détresse que nous reviennent brusquement en mémoire les signes que le destin nous a un jour adressés. Reine de beauté déchue et délaissée par ses amis, ressentant chaque jour de plus en plus violemment les attaques du mal qui la vidait de sa grâce et de sa vigueur pour ne laisser qu'un corps informe, décharné et bientôt impotent, Miss Gélina s'était alors souvenue des paroles de l'Hindou. Elle écrivit lettre sur lettre au consul. Ce dernier eut toutes les peines du monde à se rappeler et à identifier l'individu dont on lui demandait les coordonnées avec tant d'insistance. Après de tâtonnantes recherches, il ne put fournir à Miss Gélina qu'une vague adresse d'un ermitage situé quelque part au-delà du Brahmapoutre, perdu dans les gorges du Yunnan.

Depuis des mois, Miss Gélina écrivait trois fois par semaine à cet ermitage, suppliant le digne guérisseur d'entrer en contact avec elle au plus vite, car elle se mourait. Mais l'adresse était si imprécise que, chaque fois qu'elle remettait la lettre à Alicia pour que celle-ci l'aille porter au bureau de poste, il lui semblait accomplir le même geste absurde et désespéré que celui d'une naufragée confiant à la mer la bouteille contenant son message de détresse.

Après avoir ôté son tablier et coiffé son petit chapeau, Alicia informa sa maîtresse qu'elle partait pour le bureau de poste. Les yeux toujours clos, Miss Gélina acquiesça d'un mouvement de tête. Elle entendit la porte d'entrée s'ouvrir, mais non pas se refermer. Intriguée, elle tourna la tête. Ce qu'elle vit la laissa sans voix. Alicia, les deux mains sur ses lèvres, reculait en chancelant, les yeux exorbités. Dans l'embrasure de la porte, se profilait un homme de grande taille, portant un turban sur la tête. Miss Gelina sentit sa raison vaciller. L'homme s'approcha d'elle d'un pas majestueux et lui fit un sourire à peine perceptible. Puis il la prit tendrement par le coude et la conduisit dans la chambre à coucher où ils s'enfermèrent.

L'homme sortit de la maison, discret et décontracté pour disparaître dans la ville après avoir arpenté des ruelles encombrées et bruyantes. Il s'attarde dans le quartier où s'alignent le long des rues défoncées, des maisons recouvertes de tôles ondulées. Une fourmilière de gens pressés circulaient sans but apparent, sortaient des ruelles latérales pour se fondre dans la rue où se déroule un impressionnant spectacle de promiscuité. Personne ne fit attention au mystérieux inconnu qui s'enfonce de plus dans l'étroit couloir qui débouche sur une place peuplée de cascayers, de flamboyants, de bougainvilliers, d'amandiers, sous lesquels gesticulent une myriade de gamins courant derrières des cerceaux, vont à bicyclette, jouant aux billes. La place se vidant à mesure que les plaques douces des ombres sous les grands arbres s'effaçaient avec le soleil. Le mystérieux hindou s'éclipsa.

Le surlendemain, tout ce que la ville comptait de beaux messieurs furent extrêmement surpris de trouver dans leur courrier une invitation au banquet que Miss Gélina donnait le samedi suivant. Comment! Cette femme qui se terrait chez elle depuis des mois pour ne pas offrir le triste spectacle de sa beauté flétrie, voilà qu'elle recevait! Assurément, il flottait dans l'air un fort parfum d'extraordinaire. Le jour venu, Alicia, assistée de trois ravissantes serveuses engagées pour l'occasion, accueillirent les invités et les placèrent à table. L'excitation était palpable. Tous gigotaient sur leur siège comme s'ils s'étaient trouvés assis sur des oursins. Ils tordaient leur cou en tous sens, réclamant Miss Gélina. Enfin, la porte de la chambre s'ouvrit. Vêtue d'une somptueuse robe de lamé, s'avançant avec un port de reine, Miss Gélina, plus resplendissante qu'elle ne l'avait jamais été, salua d'un irrésistible sourire ces messieurs médusés, tandis qu'Alicia tirait pour elle la chaise à haut dossier de la place d'honneur.

⚜⚜⚜

2

La demande en mariage

A LE VOIR ARPENTER LES INSTALLATIONS DE SA RAFFINERIE SUCRIÈRE, ON devinait d'emblée à quel point M. Moran paraissait fier de lui. De fait, il avait de bonnes raisons de l'être. Ayant quitté le pays sur un coup de tête vingt ans plus tôt, il y était revenu après dix-sept années passées dans divers pays d'Europe, riche d'une somme d'argent plutôt rondelette. Fort de son expérience acquise au cours de ses pérégrinations et des contacts qu'il avait noués, il avait employé son capital au rachat de la Sugar & Co. qui périclitait lamentablement depuis la perte de plusieurs de ses clients européens qui, ayant opté pour la substitution de la betterave à la canne à sucre, rompaient tour à tour leurs contrats avec Haïti. Heureusement, M. Moran sut relancer la raffinerie en faillite de façon si habile qu'en l'espace de trois ans, elle s'était imposée comme un des plus beaux fleurons de l'économie du pays, réussite que l'on citait régulièrement en exemple dans toutes les écoles de gestion.

Deux fois par semaine, M. Moran faisait visiter l'usine à Jonas, ce neveu que lui avait légué une demi-sœur peu avant d'être emportée par la maladie, neveu qu'il aimait comme un fils – et qui, aux yeux de tous, passait d'ailleurs pour tel – et dont il comptait faire son bras droit.

Un matin, pendant leur visite de l'atelier du conditionnement, les deux hommes remarquèrent au même moment une jeune ouvrière qui s'affairait devant un tapis roulant. Sans être extraordinairement jolie, quelque chose chez elle attirait irrésistiblement M. Moran et Jonas.

M. Moran fit signe au contremaître d'approcher.

— Dites-moi, Maurice, quelle est donc cette femme devant la chaîne d'emballage, les cheveux noués dans un mouchoir bleu ?

— La petite Arlette ? Nous l'avons embauché la semaine dernière. Gentille comme tout. Et très compétente, avec ça…

— La semaine dernière, dites-vous ? C'est curieux, son visage me dit vaguement quelque chose… C'est bien, je vous remercie.

M. Moran et Jonas visiblement remués, reprirent leur inspection en silence, puis quittèrent l'atelier.

L'après-midi, incapable de se concentrer sur la lecture d'un épais rapport financier, M. Moran quitta brusquement son bureau et retourna à l'atelier où se trouvait cette Arlette dont l'image, telle une rengaine à la mode, l'obsédait malgré lui depuis qu'il l'avait vue. Sans interrompre la jeune femme dans son travail, M. Moran lui fit mille questions stupides et se mit à badiner avec elle. De son local vitré, le contremaître Maurice observait la scène en riant. Une demi-heure plus tôt, feignant de prendre des notes sur le fonctionnement des installations, le fils du patron était revenu dans l'atelier s'entretenir avec la jeune femme. Et à présent ; M. Moran lui-même…

Ce manège se reproduisit les jours suivants. Si Arlette semblait prendre plaisir aux conversations de Jonas, elle parvenait mal à dissimuler son embarras devant les fréquentes visites du directeur, embarras que ce dernier attribuait à une timidité qui l'enhardissait au point de poser familièrement sa main sur l'épaule d'Arlette, quand il ne la prenait pas carrément par la taille. Bien que ces gestes lui répugnaient profondément, la pauvre Arlette n'osait protester, de peur d'irriter son employeur et de perdre sa place. Cette attention particulière dont elle était l'objet de la part de M. Moran et de Jonas lui valait par ailleurs l'inimitié déclarée de ses collègues ulcérées de voir cette nouvelle venue s'attirer ainsi les bonnes grâces du patron. Après quelques jours, les rumeurs les plus malveillantes circulèrent sur le compte de la « sainte-nitouche », ainsi qu'on l'avait baptisée. Une collègue plus méchante et plus jalouse que les autres mena sa petite enquête, au terme de laquelle elle se fit un plaisir d'ébruiter la blessure secrète d'Arlette qui empoisonnait sa vie depuis le jour où elle fut en âge de comprendre ces choses : elle était une enfant naturelle.

— Une bâtarde ! J'en étais sûre…

— Tout s'explique !

— *Jouroumou pa janm donnen kalbas*… C'est clair comme de l'eau de roche, cette petite garce veut ensorceler Monsieur Moran pour mettre la main sur sa fortune…

— Et cette aventurière veut le beurre et l'argent du beurre ; l'argent du père et la jeunesse du fils…

En effet, au fil des jours, une étroite amitié s'était tissée entre Arlette et Jonas qui, comme son père, ignorait tout des bruits qu'on faisait courir sur la jeune fille à la raffinerie. Les deux jeunes gens avaient pris l'habitude de se rencontrer pendant la pause du midi et de discuter sous les arbres, dans la cour de l'usine. Arlette savait que cette douce complicité avec le fils du directeur ne ferait qu'accroître le martyr quotidien que lui faisaient vivre ses collègues, mais elle ne voulait pas en parler à Jonas afin d'éviter un éclat, craignant par-dessus tout les réactions de M. Moran s'il venait à apprendre les médisances dont elle faisait l'objet.

Saisi par le démon de midi, M. Moran, quand à lui donnait tous les signes extérieurs d'un collégien amoureux. Sa toquade pour Arlette prit sur lui un tel empire qu'il en vint à considérer sérieusement de fréquenter plus étroitement la jeune fille et, qui sait ? peut-être même l'épouser, en dépit de l'écart d'âge et du fossé social qui les séparaient. Il était décidé à sauter le pas et braver le qu'en-dira-t-on de l'élite bourgeoise qui, du reste, ne l'avait jamais véritablement admis dans ses rangs, malgré sa fortune qu'on disait suspecte.

Un matin, M. Moran alla trouver Arlette à l'atelier et lui annonça de but en blanc qu'il la raccompagnerait chez elle à la fin de sa journée de travail, car il tenait absolument à faire la connaissance de ses parents, à qui il avait une grande nouvelle à annoncer. Disant cela, il sortit de sa poche un petit écrin de velours noir, qu'il agita en riant sous le nez d'Arlette.

Pétrifiée, la jeune femme n'osa rien répondre, silence que M. Moran prit pour un acquiescement.

A la pause de midi, pressée par les insistantes questions de Jonas qui s'inquiétait de la voir bouder son sandwich, Arlette finit par lui révéler que le soir même, son père se rendait chez elle, vraisemblablement pour la demander en mariage. La nouvelle stupéfia littéralement Jonas car, jusqu'ici, il n'avait absolument rien soupçonné des projets de son père. Se sentant trahi dans sa confiance, il commença par reprocher sévèrement à Arlette de lui avoir caché que son père la courtisait. Puis le sentiment de trahison fit place à la douleur de voir s'effondrer son rêve d'unir un jour son destin à celui d'Arlette, car il ne savait que trop bien qu'on ne pouvait aller contre les volontés de son père et que, une fois que ce dernier s'était mis quelque chose en tête, il parvenait toujours à ses fins.

Arlette qui jusqu'ici avait cru que Jonas ne voyait en elle qu'une excellente amie, fut surprise et flattée d'apprendre que celui-ci avait songé à l'épouser. Cette confidence l'incita à tout lui dire afin de lui ôter ses regrets.

—De toute façon, mon bon Jonas, ni toi ni ton père ne voudrez encore de moi pour femme lorsque vous saurez ce que tout le monde raconte à l'usine: je suis une enfant naturelle, une bâtarde. Je t'ai menti l'autre jour, quand je t'ai dis que j'avais perdu mon père. Tu sais, il n'y a pas que dans les mélodrames qu'il arrive aux femmes d'être séduites par des godelureaux qui prennent la clé des champs aussitôt que leur conquête attend un enfant.

En fin, d'après-midi, M. Moran, tout frétillant de joie, vint cueillir Arlette à l'atelier pour la raccompagner chez elle dans sa vrombissante automobile. Pendant tout le trajet, Arlette ne put trouver le courage d'interrompre l'intarissable babil de son soupirant qui ne se tenait plus de joie. Elle éprouvait cependant un profond soulagement en pensant que le cauchemar qu'elle vivait depuis des semaines touchait à sa fin et qu'elle quitterait bientôt cette infernale usine où elle n'était restée que pour le salaire qu'elle rapportait à sa mère et la tendre amitié de Jonas.

Après que M. Moran eut stationné la voiture, Arlette l'introduisit dans la modeste maison que sa mère et elle habitaient. Ils trouvèrent au salon une femme d'âge mûr dans une dodine, absorbée dans la lecture d'une vieille bible. Un sourire amer sur les lèvres, Arlette songeait à la surprise de M. Moran lorsqu'il apprendrait dans quelques minutes que la femme qu'il voulait épouser était née de père inconnu. Mais en fait de surprise, celle d'Arlette fut indescriptible lorsqu'elle vit sa mère dévisager intensément un M. Moran subitement paralysé de stupeur, quitter son fauteuil, se diriger droit vers lui et le menaça si violemment, qu'il chancela.

—Marie-Rose !

—Gérard !

Et ils tombèrent dans les bras l'un de l'autre en larmoyant.

Arlette sentit sa raison l'abandonner.

—Marie-Rose, pardonne-moi… hoqueta M. Moran.

—Jamais de la vie ! rugit Marie-Rose en l'embrassant furieusement.

—A présent, je comprends pourquoi… la première fois… quand j'ai vu Arlette… j'ai cru la reconnaître…

—La reconnaître ! Tu aurais dû le faire il y a vingt ans, au lieu de te sauver comme un voleur, lâche que tu es…

—Ah, Marie-Rose, pardonne-moi, répéta M. Moran.

Si tu savais comme j'en ai souffert.

—Ça c'est le bouquet! Et ta fille? Et moi? Imagines-tu un seul instant ce qu'il nous a fallu subir comme humiliations, tout ce que…

—Si je comprends bien… interrompit Arlette, éberluée…

Marie-Rose prit la main de sa fille et la plaça dans celle de M. Moran.

—Ma chérie, je te présente ta crapule de père…

Il fallut plusieurs minutes pour clarifier toute la situation.

Après quelques instants, Arlette, perdue dans ses pensées, fondit brusquement en larmes.

—Je gagne un père et je perds un amour… sanglota-t-elle.

—Je… oui, euh… J'étais venu demander la main de ta fille… expliqua M. Moran à Marie-Rose, qui ne comprenait pas ce qu'Arlette voulait dire.

—Je ne parlais pas de vous, coupa Arlette. J'aime votre fils Jonas et Jonas m'aime. Mais si vous êtes mon père, Jonas est donc mon frère…

Tout d'abord stupéfait que Jonas et Arlette se fréquentaient, M. Moran partit enfin d'un formidable éclat de rire.

—Ainsi Jonas et toi… Mais c'est au mieux, ma fille! Rassure-toi, Jonas n'est pas mon fils!

—Ça y est, voilà que ça le reprend: même après vingt ans, je vois que tu n'as pas changé: tu renies toujours tes enfants… observa Marie-Rose d'un ton cinglant.

—Mais pas du tout! C'est la vérité! Jonas est mon neveu. Rien ne s'oppose donc à ce qu'Arlette et lui fassent comme nous…

—Que veux –tu dire?

—Ce que je veux dire? Que je te donne cinq minutes pour enfiler ta plus belle robe, coiffer ton chapeau à fleurs et me suivre devant le notaire : je t'épouse séance tenante. Arlette et Jonas seront mes témoins, et nous serons les leurs !

—Mes amis… gémit faiblement Marie-Rose, les deux mains pressées contre ses lèvres. Puis elle leva les yeux au plafond et tomba évanouie dans sa dodine.

3

Le vélo de Jil

Le soleil hésitant de ce matin d'octobre naissant a bien fini par se montrer après avoir joué à cache-cache derrière de lourds nuages. Voyant le temps se rasséréner, Jil enfourche son vélo pour se rendre dans la bourgade voisine où habite sa prétendue. Comme il traversait le marché en petit fou, heureux de sa relative liberté, un gardien de l'ordre l'arrêta.

—Non content de faire le potin dans ce marché encombré, vous circulez sans plaque d'immatriculation?... Avez-vous une autorisation spéciale? ...

Pris de panique devant l'injonction du représentant de la loi et incapable de faire preuve de régularité, il sauta par-dessus les étalages des marchandes, abandonnant sa bécane, car il lui fallait à tout prix rejoindre sa Janine qui l'espérait à cœur fendre depuis tantôt deux semaines.

Jil qui s'est toujours conformé aux recommandations de son père de procéder par déduction dans le choix des priorités, préféra la fuite plutôt que de manquer son précieux rendez-vous. D'ailleurs, pourquoi s'enquiquinerait-il avec quelqu'un qui veut se satisfaire d'une pièce à conviction alors qu'il était à quelques minutes de la demeure des Lemonnier qui vont l'accueillir sous une pluie de charmants propos.

Gonaïves était en ces temps-là la ville où l'on savait vivre. Même les querelles sans méchanceté avaient leurs charmes. Les familles dégagées de toutes fourberies papotaient entre elles sur le choix de prétendants pour leurs filles. C'est ainsi que par la magie de jeux de mots et de subtiles incitations que Janine se logea dans le cœur de Jil. Cela se confirma lorsque l'aumônier des *Cadets du Christ* fit un commentaire sur les traits communs des caractères de Jil et de Janine qui, en conjuguant leurs vertus feraient un bel assortiment. Depuis ce jour, leurs visions s'accommodèrent de cette bénédiction.

Janine portait ses quinze ans avec grâce. Jil qui avait dix-sept, paraissait plus jeune par son caractère de gars jamais sorti de l'enfance qui vivait sa vie avec un optimisme exacerbé. Ce boute-en-train toujours gai raya de sa vie tout sentiment de frustrations. Jamais on ne le vit attristé, même après de virulentes réprimandes pour s'être attardé sur la savane dans une partie de football.

Admirable dans sa robe bleu bariolée de blanc, coupe pincée en taille de guêpe qui moulait ses jeunes attraits, Janine était nonchalamment assise sur la galerie quand Jil arriva. Elle lui sauta au cou tout en l'inondant des mots affectueux de bienvenue. Ils s'échangèrent à brûle-pourpoint des compliments simples chargés d'indicibles gratifications amoureuses auréolées des précieux bienfaits que procure la seule présence d'un être adoré. L'ambiance s'électrisait d'harmonieuses vibrations sous l'impulsion de charmantes attentions...puis, dans un sourire qui creusait ses charmantes fossettes, la belle demanda :

—Comment ? Tu es venu à pied ? Où est ton *gwagwa* ? L'as-tu abandonné en route, chevalier ? Chaînes cassées ? Crevaisons ?

Sans lui laisser le temps de répondre, elle multipliait des questions, pensant le connaître assez pour se croire télépathe, dès qu'il était question de leur amour.

Jil raconta comment son moyen de locomotion a été confisqué à quelques mètres de là par un agent.

La nouvelle se répercuta. On entendit toute la maisonnée s'esclaffer comme s'il était arrivé quelque chose d'horrible à leur cher Jil. Jusqu'à la bonne, tout le monde était suffoqué, insulté au suprême degré qu'un vulgaire *soukètlarouze* osa mettre en contravention un ami des Lemonier.

Madame Lemonier qu'on appelle communément *Manmonie*, toucha son mari de l'incident. En l'espace de quelques minutes le vélo était stationné dans le couloir par l'agent en personne qui se contorsionnait en excuses.

Pendant qu'on haranguait, vilipendait ce dernier de sa méprise, le plus jeune des frères s'était installé sur la bécane à multiplier des zicaps, à claksonner tout en accompagnant les bruits : zicap…zicap…tchoutchouou… zicap… tchoutchouou…

L'agent confus et plus malin qu'on ne le pense, réalisant à ses dépends cette démonstration flagrante des privilèges dont jouit dans ce pays une caste d'intouchables, s'applique de son mieux à faire de Jil… un ami.

4

La route du marché

Levés bien avant l'aube, les paysans chargent leurs mulets des beaux produits de leurs terres et prennent la route de la ville, située à douze kilomètres. Naturellement, il ne vient à personne l'idée de se plaindre de la longueur d'un tel trajet. A quoi bon ? Ceux qui viennent de Passe-Reine et de la région des Poteaux doivent obligatoirement passer par le pont La Quinte, qui n'existe pas à proprement parler. Il a dû exister, car on peut voir à droite, près du mombin centenaire, une eau indécise filtrant à travers de grosses lianes empêtrées dans des branches qui pourrissent tranquillement depuis les dégâts du cyclone Hazel.

Dans un coin reculé envahi de touffes d'herbes putréfiées se dégage une odeur suffocante d'un animal en décomposition. De grosses larves d'eaux bourbeuses buttent sur les galets en abandonnant ça et là des baves de purots, des léchées de terre sculptant des formes fantasmagoriques traduisant tout le drame de ce lieu peuplé d'excentricités végétales.

On reprend la route dans un vacarme d'onomatopées en direction des bêtes : Hue chien ! Allez Tobi ! Et puis des cris bizarres qu'on arrive à produire avec des lèvres et la langue pour parler aux baudets : Tchiou tchiou… tchiou tchiou…

Aujourd'hui cependant, la route défoncée est plus mauvaise que d'habitude. Le récent passage d'une brusque tempête a fait bien des dégâts. Le chemin est jonché de branches et de troncs brisés, de flaques boueuses qu'il faut contourner… Et voilà que le pont de lianes a été emporté. Si elles font la joie des galopins qui viennent s'y baigner en rivalisant d'acrobatiques pirouettes aquatiques, les eaux grossies de la rivière inquiètent… Et si les mulets allaient perdre pied? On hésite, on s'interroge…. Il faut rapidement prendre une décision. Dieu merci, on passe sans embûche, le chargement est sauf.

Une courte pause, le temps de laisser les bêtes reprendre leur souffle et d'avaler une petite collation - quelques coups de fouet accompagnés de stimulantes onomatopées, mulets et baudets repartent bon train.

Soudain, sorti dont on ne sait où une horde de chiens errants affamés se jettent sur les bourriques. C'est la panique, on lance des pierres, on pousse des cris, mais la horde s'acharne. Quelques bons coups de bâton distribués sans méthode, et voilà les mâtins en déroute. La marche peut reprendre sur le chemin poussiéreux parfois bordé de chênes ou d'eucalyptus qui prodiguent une ombre bien appréciée.

La ville n'est pas très loin. Mais il reste encore ce vieux cimetière à traverser, théâtre de scènes insolites. A l'approche des paysans, quelques pilleurs se sauvent en courant emportant leur butin de bougies, de chandelles, de scapulaires et de petite monnaie chapardés sur les tombes.

Sur la droite, devant une grande croix de bois, une vieille femme édentée coiffée d'un large chapeau de paille noir invective Baron Samedi tout en brandissant de la main droite une chandelle fuligineuse. Plus loin, une jeune femme vêtue d'une méchante robe de jupe dérobe d'un air détaché quelques bougies sur une tombe qu'elle va poser sur une autre sépulture couverte de fleurs. Là, c'est un prêtre-savane qui chante dans un latin macaronique mêlé de créole et de français approximatif une étrange cantique que des fidèles en pâmoison écoutent en pleurant.

Mais voici la caserne tant redoutée. Comme chaque fois, un gendarme obtus invente de nouveaux règlements fantaisistes afin de soutirer quelque argent aux paysans. On se fâche, le ton monte, tandis qu'une bourrique se soulage avec désinvolture éclaboussant le gendarme véreux. Règlement ou pas, cette fois-ci, il faut payer.

Dernière étape avant le marché : le presbytère. Par pitié ou superstition, les paysans lui réservent toujours leurs plus beaux produits.

La marchandise écoulée, les paysannes s'attardent un peu en ville, convoitant de belles pièces de tissus que de sympathiques Arabes finissent par leur céder à prix doux.

Le retour vers la campagne se fait toujours sans encombre. Allégées de leurs fardeau, les bêtes vont allègrement, emportant leurs maîtres qui déjà songent aux prochaines récoltes qu'ils reviendront vendre en ville dans quelques jours.

5

L'héritage

Nul n'aurait pu dire d'où venait cet homme énigmatique et secret dont on ignorait pratiquement tout. Certains le disaient enrichi grâce à des accointances dans les milieux politiques: d'autres soutenaient mordicus, sans toutefois fournir de détails, qu'il était arrivé trente ans plus tôt d'au-delà des mers. Tous cependant s'accordaient sur un point ; M. Lenor possédait une fortune colossale. Cette particularité, on s'en doute, faisait de lui une personne très considérée par les notables de la ville. Malheureusement, cet homme fuyait tout contact et sortait très peu de sa propriété entourée de dizaines d'hectares de bonnes terres qu'il laissait curieusement en friche.

Dans sa maison aux multiples pièces, il entretenait toute une meute de chiens qui donnaient une frousse terrible aux plus téméraires qui ont tenté bien des fois d'escalader les hauts murs de la propriété pour aller ramasser les fruits qui jonchent le sol. Les rares personnes qu'il recevait, passaient la barrière, traversaient vite la cour, puis montaient avec une certaine frayeur, l'escalier qui donne sur la porte principale. Ils ne se sentaient vraiment rassurés que quand Lenor, appelé aussi *Zotobre*, avait fait enchaîner au fond de la cour ses féroces bergers allemands aux crocs menaçants. Ce n'est qu'après avoir reçu leurs grosses lamelles de viande sanguinolentes qu'ils dévoraient en moins d'une, qu'ils restaient tous, couchés, attendris, battant le sol de leur queue, leurs têtes aplaties entre leurs énormes pattes… continuant à renifler d'éventuels intrus avec des yeux inquisiteurs. Il faut dire que ces rares *gran nèg* ont reçu de *Zotobre* un bâton de *pigi* qui rend obéissant les chiens qui d'habitude convergent avec rage sur quiconque essaye de franchir la barrière. Ces bâtons confiés à ces insolites hommes d'affaires ont pour objet d'éviter à Lenor de se déranger pour les accueillir. Il n'a qu'à appeler l'homme de peine, à demi sourd qui, le plus souvent roupille au fond de la cour.

Parfois, la bonne et le garçon de cour assis sous le grand sycomore osent se livrer à de pertinents commentaires sur la fortune de leur maître.

—Comment se fait-il qu'un homme si peu authentique ait pu acquérir tant de biens avec le consentement plus ou moins tacite de toute la population, dit Gragra.

—Voyons! répondit Poulette, pourquoi dis-tu qu'il n'est pas authentique. Est-ce parce qu'il n'est pas né dans la région? Peut-être bien que oui qu'il y est né et qu'il était parti quelque part pour enfin revenir. Moi, je ne sais pas. De toute façon, il n'est pas un *mounvini.*

—Tu sais Poulette, ce n'est pas impossible. On n'a jamais pu le rattacher à aucune famille connue. Peut-être que…

—Peut-être que quoi, rétorqua Poulette.

—Peut-être qu'on ne sait jamais. Il est peut-être un petit peu authentique. Il doit cacher son jeu. Avec les *zotobre* on ne sait jamais.

La conversation continua décousue, sans grand intérêt ni pour l'un, ni pour l'autre. Gragra fit seulement remarquer à Poulette en se grattant la gorge discrètement que le sycophante Gaston rentrait à pas de loup accompagné de Monsieur Lenor.

Ils se lèvent pour vaquer à leurs occupations.

Les langues de vipère appelaient Lenor Titantic par dérision et surtout pour bien marquer la qualité d'authenticité qu'il ne possédait pas. Combien ont essayé d'être aimable avec lui pour être plus prêt de ses biens et bénéficier de petites faveurs dont il n'est pas avare quand il s'agit de rehausser sa réputation. Aussi cynique que redoutable en affaires, il traitait sans scrupules, toujours avec un sadique sang-froid. Le jour où un des journaliers d'une de ses habitations fut trouvé assassiné, on jura sans démordre que c'est le *grandon* Lexius, un redoutable concurrent qui a commandité le meurtre en payant un *sanmanman* pour accomplir la sale besogne. On ne sut jamais la vérité, la police ayant bien vite classée l'affaire faute de preuves. Lenor non plus n'insista pas pour que la lumière soit faite. Les corbeaux entre eux ne se crèvent pas les yeux disaient les mauvaises langues.

Lorsque l'élite bourgeoise apprit que Laurinia, une des domestiques de M. Lenor, avait donné naissance à un enfant dont il reconnut la paternité et qu'il fit curieusement baptiser Serpentier, l'élite calcula immédiatement qu'en prenant le vieux grigou par ses sentiments paternels, elle parviendrait à s'immiscer dans ses bonnes grâces et à s'attirer ainsi sa reconnaissance. Les commerçants firent donc parvenir à l'enfant toutes sortes de cadeaux, accompagnés de leur carte de visite. Vieux renard, M. Lenor les accepta poliment, sans cependant donner suite. On décida malgré tout d'insister, escomptant que la persévérance finirait par payer et que, tôt ou tard, on obtiendrait un substantif retour sur investissement.

LES ANNÉES PASSÈRENT. SERPENTIER GRANDIT, FRÉQUENTA LA MEILLEURE école de la ville, était partout bien reçu. En effet, bien qu'ayant renoncé au fil des ans à amadouer le distant M. Lenor, les bons bourgeois n'en étaient pas moins conscients du fait que Serpentier en était l'unique héritier. Or, à père avare, fils prodigue, dit-on. Précisément, Serpentier montrait une nature diamétralement opposée à celle de son père. Il savourait les nombreux traitements de faveur dont il bénéficiait et menait joyeuse vie. Rassuré par l'idée de toutes ces richesses qui lui appartiendraient un jour, il négligeait complètement ses études en agronomie que son père l'obligeait à poursuivre dans une grande faculté à Paris.

Il resta quelques années loin du pays. Un peu métis sur les bords, il en a bavé des niaiseries des petits blancs-becs et des assimilés qui se défoulaient allègrement à ses dépends. Tous les sobriquets y passaient au gré de leur humeur : grimaud, noix de coco, café au lait, crépu, frisé… Et tout cela avec une gentillesse grinçante et perfide qui brisait toute révolte… Il subissait la forme la plus dangereuse du racisme. Il faisait le sourd, ne rêvant au fond de lui que de retourner vivre en prince sitôt ses études terminées.

Les ténèbres de l'existence viennent jeter des ombres lourdes sur l'existence de Serpentier au moment où cette nostalgie du pays ravageait ses nuits. Il retourna bien au pays dans des conditions aussi tristes qu'inattendues, sans avoir compléter ses études… Un télégramme lui parvint un matin froid et brumeux de Paris de novembre. Il faut rentrer d'urgence.

Tous les malheurs arrivent en même temps. Serpentier ne pourra pas voyager aussi rapidement qu'il devait le faire. Un grand mouvement de révolte accompagné d'un tollé de revendications dans tous les domaines soulève toute l'Europe. Paris n'est pas épargné : grèves dans tous les services publics, manifestations violentes de protestations. Des Français d'habitude modérés s'en viennent à accuser l'immigration d'être la cause de tous leurs maux. On joue fort sur l'épiderme, tandis que les Arabes sont carrément violentés par des éléments incontrôlés. Algériens, Marocains se terrent… mais on va les provoquer jusque dans leurs ghettos. La panique s'empare de ceux qui ne se sentent guère en sécurité face à cette montée incompréhensible de xénophobie. La barbarie montre un visage qu'on ne soupçonnait jamais. Malgré les appels au calme plus ou moins mitigés du ministère de l'intérieur les coups durs pleuvent et les *CRS* n'y vont pas de main morte…

Serpentier se replia sur lui-même, attendant l'apaisement jusqu'à ce qu'il trouve un vol avec plusieurs escales à destination d'Haïti.

A l'aéroport, il fut accueilli par sa mère qui faillit ne pas le reconnaître, tant il avait changé. Son physique était celui d'un homme costaud devant lequel elle devait lever la tête pour l'admirer et dire avec beaucoup d'admiration et de tendresse : « Mon enfant, mon fils, mon Serpentier. »

— Tu connais la triste nouvelle, lui dit-elle. Ton père est mort.

« Un matin, se sentant fort mal, il fit venir un médecin à son chevet. Celui-ci diagnostiqua une sérieuse congestion pulmonaire dont il fallait craindre les complications... Trois jours plus tard, la maladie l'emporta.

La nouvelle mit la ville en ébullition et tu fus subitement l'objet d'un regain d'attention et de largesse. Je ne sais plus où mettre les colis qui te parvenaient. »

Le jeune homme versa de chaudes larmes de crocodile, qu'il essuya avec les centaines de télégrammes de sincères condoléances dont il fut submergé.

Le temps était splendide, le soleil filtrait à travers les persiennes pour projeter des rayons clairs sur le plancher verni de l'étude du notaire où était réunie une cohorte d'amis et de proches venus entendre la lecture du testament du très regretté M. Lenor qui avait exprimé le souhait que cette formalité eût lieu en présence des principaux notables de la ville.

Ils étaient tous tirés à quatre épingles. La mère de Serpentier bien replète, habillée comme une star, dégageait en abondance un capiteux parfum. Ses hanches obéissaient à la dictature d'une large ceinture de cuir qui faisait jaillir en drapées verticales et désordonnées les plis d'une jupe qui s'arrêtait au-dessus du genou. Les hommes présents dans la salle la dévoraient du regard. Des petits murmures anodins troublaient le spectacle... Maître Guillaume en s'asseyant dans le fauteuil rembourré réclame le silence à ce beau monde qui chuchotait. Il promena un regard circulaire tout en décachetant une grande enveloppe brune scellée par un cachet de cire.

Contre toute attente, cette lecture sera très brève, contrairement à l'attente des intéressés qui avaient apporté leurs casse-croûte au cas où la séance devrait se prolonger après une interruption. Maître Guillaume ajusta ses lunettes par moments pour marteler les points forts du testament manuscrit de M. Lenor qu'il lut d'une voix posée, lente, presque traînante.

Le document disait ceci :

» Je soussigné Jan Van Velsen, alias M. Lenor, né le 3 décembre 1902 à Apeldoorn, près de la cité de Haarlem (Pays-Bas), sain de corps et d'esprit, lègue à ma sœur Analia, mon frère Govert et ma cousine Neetje la totalité de mes avoirs déposés au compte 9-CH22 021 de la *Holland Product Bank*, ainsi que mes biens meubles et immeubles qui seront vendus au plus offrant et dernier enchérisseur par maître Guillaume, exécuteur testamentaire, à l'exception de ma maison, qui revient à mon affectionnée servante Laurinia, et la portion de terre environnante, que je lègue à mon fils Serpentier, à charge pour lui de la faire fructifier. »

L'assistance se glaça. Personne ne dit mot. Le silence était impressionnant… Terrifiant. On n'osait pas se regarder. Ce fut la consternation dans l'assistance… puis la débandade. Ils prirent congé du notaire sans poser de questions, sans aucun commentaire. La nouvelle fit l'effet d'une bombe. Serpentier anéanti, restait cloué sur sa chaise, le regard vide.

Sur la terrasse du notaire, assise sous la fenêtre ouverte de l'étude, une vieille domestique se balançait dans sa dodine en tirant sur sa pipe. Entre deux bouffées, elle fredonnait en souriant :

An ye yo bwè lwil la

An ye yo bwè lwil la

An ye yo bwè lwil la

Yo te pare on bokit pou yo.

6

Le commandant

Sur le sol de la cellule sombre et humide, un homme nu, les mains menottées dans le dos, gît dans une flaque de sang. Autour de lui, trois hommes sanglés dans leur uniforme militaire, matraque à la main, rient stupidement. Légèrement en retrait, un quatrième militaire portant d'énormes lunettes noires et tirant nerveusement sur sa cigarette *Comme il faut* paraît superviser les opérations.

—Tu refuses toujours de parler, vermine? rugit-il. Comme tu voudras… Allez-y, les gars, *bali bwa chofè*!

Une pluie de coups de matraque s'abat aussitôt sur le supplicié qui ne peut retenir des cris de douleur. Il tousse bruyamment et crache du sang.

—Eh bien, ta langue s'est-elle déliée? Reconnais-tu enfin tes activités subversives auprès des jeunes?

—Tu me fais pitié, Freddy… Comment veux-tu… que j'avoue des chefs d'accusation… sortis tout droit de l'imagination maladive et paranoïaque de tes chefs… dont tu n'es que le pantin?

—Tais-toi! Parle et avoue!

—On bastonne, Commandant? demande un des militaires, la matraque levée, les yeux scintillants de sadisme.

—Allez-y! Bâton!

L'homme au sol se contorsionne. Ses hurlements se mêlent aux ricanements imbéciles des matraqueurs.

—Alors? Reconnais-tu les faits?

—Tu es vraiment à plaindre, Freddy... Je ne te reconnais plus...

Le commandant jette rageusement sa cigarette, s'avance et décoche un formidable coup de pied dans le bas-ventre de sa victime.

—Ferme-la! Je t'ai déjà dit ne de pas m'appeler Freddy! Et de me vouvoyer!

—Le vouvoiement est une marque de respect... Quel respect pourrais-je avoir pour un type... qui a renié ses idéaux et vendu son âme... contre un uniforme et l'assurance d'un salaire?

Malgré eux, les militaires échangent des regards gênés. Le Commandant ajuste ses lunettes sur son nez épaté, arrache la matraque des mains d'un des soldats et rosse rageusement le poil à gratter de sa conscience.

—Alors, ces aveux? Tu complotes contre le gouvernement, n'est-ce pas?

—Imbécile... Tu sais bien que je ne suis qu'un simple animateur de ce mouvement de jeunesse... qui n'aspire qu'à mettre sur pied de petits programmes de développement communautaire... Nous ne cherchons qu'à partager avec le plus grand nombre nos idées et nos connaissances... Nous voulons aider le pays à sortir de la misère et de l'ignorance... En quoi cela fait-il de nous des ennemis jurés du gouvernement?

—Mensonges! Ce n'est qu'une couverture! Vous êtes des agitateurs, vous conspirez contre le gouvernement!

L'homme crache un peu de sang puis redresse légèrement la tête vers le Commandant.

—Tu te caches derrière tes lunettes noires, grand lâche… Tu ne peux plus soutenir le regard de celui qui fut ton camarade de lycée… Tu te souviens? Nous passions des après-midi à discuter sans fin à l'ombre du manguier de ta cour… Nous refaisions le monde, nous avions des projets pour le pays. Nous parlions d'Allende… Tu chantais d'une voix vibrante *El pueblo unido jamás será vencido*, le poing levé… Et puis au lieu d'entrer à l'Université, tu as choisi le *Fort Benning…*

—On ne te demande pas tes souvenirs, bolchevik! Avoue et qu'on en finisse! Pwèlchat, Biskètrat, Plimnegouy, tabassez-moi cette vermine! Fracassez-le!

—Regardez-vous, voyez ce que vous êtes devenus! Des monstres… Vous frappez un frère… Vous libéreriez Barrabas et remettriez sans hésiter le Christ en croix…

—Vas-tu te taire, vaurien! Explosez-le, vous autres!

Mais les soldats, mal à l'aise, n'osent plus frapper. Par ses paroles, le torturé torturait ses tortionnaires. Furieux, voyant que tout cela ne les mènerait nulle part, le Commandant ordonne que l'homme fût reconduit à sa cellule.

—Emportez-le. Il délire, on n'en tirera rien aujourd'hui.

Nous reprendrons demain.

Tandis que les soldats emportent leur victime brisée, le Commandant regagne le réduit qui lui servait de bureau.

Epuisé, il jette son gros trousseau de clefs sur la table, déboucle son ceinturon qu'il lance sur une chaise et s'écroule sur le lit de camp installé dans le coin de la pièce. Il est très agité. La tournure que prenait cet interrogatoire devenait pour lui un véritable cauchemar. Avait-il donc perdu la main? Habituellement, les détenus qu'on lui confiait ne lui résistaient jamais plus d'une demi-heure. Et voilà que ce satané agitateur s'obstinait à nier les accusations… Pis encore, il osait raviver en lui d'insupportables souvenirs... Tout à ces fulminations, le Commandant, épuisé, finit par sombrer dans un demi-sommeil. Des images floues lui apparaissent. Dans une aube naissante, il voit une foule immense dévaler les flancs d'une gigantesque montagne, foulant d'un bon pas une herbe tendre humide de rosée. Tous convergent vers la ville en entonnant un chant de libération. Lui resté là, au bord du chemin, regardant passer ces hommes, ces femmes et ces enfants à la conscience claire... Puis, d'un geste impulsif, il arrache ses médailles, piétine ses grosses lunettes noires, déchire sa veste militaire. En quelques enjambées, il rejoint la tête du cortège. Jamais il ne s'est sentit aussi léger, aussi heureux. Il rit, chante, se sent enfin vivre...

Il se réveille en sursaut, le cœur battant. Complètement hagard, il se redresse sur son lit et se prend la tête entre les mains. Puis il se lève d'un bond, saisit son trousseau de clefs sur la table et se jette hors de la pièce. Il court jusqu'à la cellule de l'homme qu'il avait fait supplicier toute l'après-midi et déverrouille la grille.

—Déguerpis. Tu es libre.

—C'est une blague? lui demande l'homme, incrédule

—File, te dis-je. Dépêche-toi.

Puis, le Commandant parcourt les couloirs de la sinistre prison, ouvre la cellule de chaque prisonnier. Lorsqu'il gagne le deuxième étage, il se heurte à son supérieur éberlué.

—Qu'est-ce que j'apprends? Vous auriez laissé s'enfuir des opposants?

Pour toute réponse, le Commandant l'écarte de son chemin et ouvre la porte de la cellule qui se trouve à sa gauche.

—Mais qu'est-ce qui vous prend. Etes-vous devenu fou?

Arrêtez, vous dis-je! Arrêtez!

Mais le Commandant ne l'entend plus. Il paraît transfiguré.

Alors qu'il s'apprête à ouvrir la grille de la cellule suivante, trois balles tirées à bout portant le projètent au sol. Alors, péniblement, il lève son poing crispé sur le trousseau de clefs et, dans un sourire triomphal, lance distinctement :

— Le peuple uni ne sera jamais vaincu !

Puis il expira.

7

La bavure

Attablés dans la misérable petite pièce centrale de leur masure, les trois frères Desroses disputaient joyeusement une chaude partie de bésigue lorsque la porte d'entrée vola subitement en éclats. Un groupe de sous-officiers apocalyptiques se ruèrent à l'intérieur, mitraillette au poing. En un éclair, ils assommèrent les jeunes gens, les ligotèrent solidement, les emportèrent et les jetèrent sans ménagement à l'arrière d'une jeep qui démarra en trombe, suivie de quatre autres.

Les frères Desroses revinrent péniblement à la réalité juste à temps pour voir que le véhicule qui les cahotait franchissait à vive allure le sinistre portail de *Kay Grann*. Ils échangèrent entre eux des regards chargés d'une horreur inexprimable car tous connaissent de réputation cet antre de la torture dont on ne ressortait vivant que par miracle.

Avec cette promptitude propre aux militaires obéissant aveuglément aux ordres, les trois frères furent traînés dans de lugubres corridors, puis projetés dans un cachot sombre et putride. Une gigantesque brute à lunettes noires trancha leurs liens avant de quitter la cellule dont il fit claquer la porte de fer qu'il verrouilla à double tour.

Hébétés, les frères Desroses se relevèrent avec peine. Tout en frottant leurs chevilles et leurs poignets écorchés, ils examinèrent la pièce exiguë avec incrédulité. Trois paillasses d'une saleté repoussante et un seau en métal bosselé au fond duquel marinaient de pestilentiels étrons constituaient tout le mobilier.

Accablés d'étonnement, d'angoisse et de douleur, les frères Desroses s'assirent sur le sol humide et tâchèrent de renouer le fil des événements soudains qui venaient de les faire basculer dans ce sordide cauchemar. Quelques heures plus tôt, ils jouaient aux cartes en toute insouciance après une dure journée passée à l'atelier d'assemblage. L'avenir leur appartenait. On avait parlé études, évoqué l'argent qu'il fallait encore économiser tout en poursuivant des cours à l'université. Et puis, cette inexplicable tornade qui les avait déposés dans cette immonde sentine.

Après quelques heures passées à tenter de trouver une explication et à s'encourager en répétant comme un mantra que tout finirait par s'éclaircir et s'arranger, ils furent soulagés d'entendre la clé jouer dans la serrure et voir la porte s'ouvrir.

Enfin ils allaient savoir ce qu'on leur voulait exactement. Cinq militaires entrèrent sans dire un mot. Brandissant des matraques, ils les rossèrent pendant une dizaine de minutes avant de quitter la cellule, les laissant à même le sol, gisant dans leur sang.

Plus tard, dans la soirée, lorsque la porte s'ouvrit de nouveau, les frères Déroses se blottirent instinctivement l'un contre l'autre au fond du cachot, appréhendant une nouvelle bastonnade.

Deux hommes posèrent à terre trois écuelles contenant un liquide brunâtre, un quignon de pain rassis et un broc d'eau trouble. La porte se referma sans qu'aucune parole ne fût prononcée.

Combien de journées se passèrent ainsi ?

Aucun des frères Desroses n'auraient su le dire, car ils avaient perdu la notion du temps. Pire, croupissant dans la saleté, privés de l'hygiène la plus élémentaire, ils sentaient se détacher d'eux, progressivement, des fragments de leur humanité. Traités comme des bêtes, ils devenaient fauves.

Un jour enfin, on les traîna dans une vaste pièce dont l'éclairage cru leur blessa les yeux. Un kaki à la poitrine couverte de médailles vint les y rejoindre quelques minutes après. Il jeta un rapide coup d'œil sur les feuillets posés sur une table puis se retourna vers les trois jeunes gens agenouillés, car ils étaient trop moulus pour se soutenir.

—Voici donc nos jeunes agitateurs qui complotent contre le gouvernement... Alors comme ça, on nous prépare un beau petit soulèvement, hein? Pauvres imbéciles! Pensiez-vous vraiment, messieurs Desrosiers, que...

—Desroses... bredouilla l'aîné des trois martyrs.

—Qu'est-ce que tu dis?

—Desroses... Nous nous appelons Deroses, pas Desrosiers.

—Comment! Encore! Sergent! Sergent Paulin! Venez ici tout de suite!

Un sergent à face de lune entra immédiatement dans la pièce, l'air complètement ahuri.

—Sergent, ces jeunes gens prétendent s'appeler Desroses.

—Oui, mon commandant.

—Je vous avais demandé d'arrêter les frères Desrosiers.

—Oui, mon commandant.

—Eh bien?

—Oui, mon comandant.

—Oui mon commandant, oui mon commandant! Vous m'emmerdez, crétin que vous êtes!

—Oui, mon commandant.

—Et il me semble que c'est la deuxième fois que vous vous trompez, ce mois ci.

—Oui, mon commandant.

—Vous me faites perdre mon temps! Allez me chercher les frères Desrosiers. J'ai bien dit Desrosiers, siers, Desrosiers. Et débarrassez-moi de ces trois-là. Exécution!

—Oui, mon commandant.

L'après-midi, le sergent se présenta devant son commandant.

—Nous avons arrêté les frères Desrosiers, mon commandant.

—Bien. Etes-vous sûr de leur identité, cette fois-ci?

—Oui, mon commandant

—Parfait. Faites-les passer à la casserole cette nuit, je les cuisinerai demain. A propos, avez-vous relâché les trois pauvres idiots de ce matin?

—Non, mon commandant.

—Comment ça, non?

—Vous avez dit: exécution, mon commandant.

—Et alors?

—Nous les avons exécutés mon commandant.

Stupéfait, le commandant fixa longuement ce sergent dont la stupidité atteignit décidément au génie.

—Vous savez, sergent, j'ai déjà vu bien des nigauds dans ma vie, mais des comme vous, jamais. Foutez-moi le camp.

—Oui, mon commandant.

Le sergent claqua les talons et sortit.

Le commandant resta quelques instants rêveur, puis éclata de rire. Il regarda sa montre, se gratta la panse, se dit qu'il était l'heure de rentrer à la maison car il avait faim. Et puis, il avait hâte de raconter à sa femme la dernière bourde de son abruti de sergent qui, une fois encore, s'était surpassé.

Dans la cour du fort, derrière un haut tas de fumier, gisaient trois cadavres criblés de balles.

8

La fête patronale

Depuis quelques jours, la vieille cathédrale faisait l'objet d'un bichonnage tout particulier ; tandis qu'à l'extérieur d'habiles artisans et ouvriers en ravalaient la façade. L'intérieur grouillait d'une joyeuse cohorte de volontaires qui en briquaient le sol, astiquaient les statues, grattaient sous les bancs les chewing-gums et les lambeaux de sécrétions nasales que de petits malappris y avaient collés. Nul ne marchandait ses efforts, car il fallait absolument que tout fût impeccable pour cet événement de taille : la célébration de Saint Charles Borromée, patron de la ville des Gonaïves.

Au matin du grand jour, la ville entière vibre d'une même pulsation de liesse. Au marché, quelques commères en bigoudis négocient âprement des achats de dernière minute avant de regagner précipitamment leur cuisine où déjà fument les popotes. Dans les chambres, on ouvre les armoires et l'on sort de leur housse les beaux habits aux relents de naphtaline, on les brosse, on reprend un ourlet. Les coquettes minaudent pendant des heures devant leur miroir, refaisant leur chignon, étudiant un sourire ou essayant pour la énième fois une robe confectionnée des semaines auparavant, savamment conçue pour mettre en valeur d'irrésistibles appas.

Sur la place, en face de l'estrade réservée aux dignitaires de la ville, l'orchestre militaire accorde ses violons, noyé dans le brouhaha des conversations des marchandes qui préparent leurs étals chargés de fruits et de friandises qui font saliver : bonbons sirop, *krazekouray*, doucelettes, roroli, pistaches grillées, *bougonnen*....

A cette vaste rumeur, se mêle la joyeuse cacophonie des klaxons des automobilistes fiers de leur *bogota*, les cris des cyclistes, le hennissement des bourriques et les pétarades des camionnettes bariolées. C'est un véritable festival de sons, d'odeurs et de couleurs.

Dans les parcs où toutes sortes d'animations ont été prévues, la fête a déjà commencé. Des jeunes tentent d'attraper des cochons huilés, se livrent à des courses en sac, tentent frénétiquement de décrocher les prix situés au sommet d'un mât de cocagne copieusement suiffé. Partout, on crie, on hurle, on s'empiffre de fritailles et de confiseries, on tente sa chance aux multiples jeux de hasard. On joue aux dés, bésigue, dominos, *pikekole*, trois-sept. En un mot, on s'amuse comme des petits fous. Puis c'est le tirage de la tombola. Ceux qui cherchent à échapper quelques instants aux ardeurs du soleil vont au cinéma de Gros Solon pour assister au concours de chant, ou encore à la grande kermesse qui se tient dans la cour ombragée des religieuses.

Oriflammes et bannières flottant dans le vent, tout le monde participent depuis les faiseurs de pétards aux artistes en herbe chargés du pavoisement des rues. Ils composent à même le sol de magnifiques chefs-d'œuvre avec des pétales de roses et de lauriers.

Dans les quartiers populeux des déflagrations en chaîne des pétards arrachent des cris d'exaltation au saint. : Qui vive : Vive saint-Charles !

Au marché et aux abords l'assourdissant brouhaha est excessif.... Les commerçants en tissu ont déballé leurs attrayantes provisions de couleurs dans une mosaïque de choix. Le marché est une vraie fourmilière, une fête exceptionnelle de volaille qui glousse bruyamment sans se douter que l'on va leur faire la fête et que les couteaux qu'on affûte sur la bécane du remmouleur juste à côté ne sont pas pour la décoration... Sò Sia débite activement son quartier de viande, se dépêchant de bazarder au plus vite pour rentrer à la maison… Delès-kroksanbèk propose de liquider ce qui lui reste de tissus et de bananes. Il n'arrête pas de pirouetter avec son gros régime sorti d'un panier en latanier avec des gestes mous.

—Pour une gourde et demie, crie-t-il… une gourde et demie…. *Men piyay*!

Mais les gens attirés par d'autres nouveautés passent leur chemin.

Une dame enfin s'approche, feignant la difficile, le visage convulsé par des grimaces de dégoût, propose *80 kòbs*.

Délès déploie un étalage de gestes efféminés, se tapant sur les cuisses, enfonce ses doigts dans les hanches, défend bec et ongle son prix.

—*Pratik*, tu déprécies ma marchandise. Tu gardes ton argent… Je garde mes bananes

Un marchandage interminable s'engage…

—Bon, donne une gourde!

—Ah non! C'est toujours trop cher.

—Quatre-vingts dix…

—Mais non, on était descendu à quatre-vingt?

—Quatre-vingt que j'ai déjà dit? …

—Je n'ai rien entendu cocotte. J'ai déjà dit que tu déprécies ma marchandise.

—Ton dernier prix?

—Quatre-vingt-dix….

—Mais… j'avais déjà dit mon dernier prix.

—Ce n'est pas *5 kòbs* qui vont te rendre riche.

—Toi non plus, ce n'est pas *5 kòbs* qui vont t'appauvrir.

La dame regarde autour d'elle. Le marché s'était quasiment vidé. De guerre lasse et pressée de finir avec ce marchandage, elle propose de couper la poire en deux.

—Bon. Quatre-vingt-cinq et n'en parlons plus.

—OK… donne l'argent.

Ils tombèrent d'accord. La cliente défait lentement un coin d'un large mouchoir qui nouait sa taille et fit tinter une kyrielle de pièces de cinq, de dix et de vingt centimes dans la main de Délès.

Armée de son régime de bananes, elle traverse en coup de vent la place de l'Indépendance, presse le pas, croise la Grand-rue et se dirige tout droit en direction de *Kaysolèy* où elle trouve en arrivant à la maison un monde fou rassemblé dans la cuisine. Sans perdre de temps, elle commence à passer des ordres.

—Ticilia, occupe-toi de tout cela… Elle lui confie les sacs de provisions.

—Comment! Les crabes sont encore vivants?… Tu ne les as pas encore écaillés? Elle lui rafle une *kalòt*. Tu mérites une belle *kal*. Laisse tomber le riz, les pois, les légumes…. Assaisonne la viande et laisse-la mariner.

C'est longtemps après qu'elle aperçoit son homme confortablement installé dans un coin buvant sa *glòdin*.

Elle avance de pas décidé jusqu'à lui…

—Lève-toi, fainéant, est-ce bien le jour de s'envelopper dans les vapes de l'alcool? Membre inutile.

Un chapelet de jurons et de reproches décousus s'abat sur le pauvre homme qui ne broncha pas.

Cette crise de colère sans méchanceté passée, elle sourit à l'insouciance de son homme.

—Beuh ! C'est l'unique réponse qu'il fit, en essayant d'attraper sa femme par les rondeurs.

—Laisse–le, dit la grand-mère fumant son *cachimbo*. Dans une heure il saura mieux que quiconque donner son meilleur.

La fête est là. Dans les maisons, autour de la table, on fait ripaille en échangeant des nouvelles avec la famille qui, venue des mornes lointains chargée de cadeaux, a tenu à prendre part aux réjouissances. Les plats copieux se succèdent, tandis que les ceinturons se débouclent. Puis on déguste le succulent gâteau aux fruits et les enivrantes liqueurs d'orgeat, de cassis ou de cerise, sans oublier le fameux *kremas*. Enfin, vient le moment de savourer avec orgueil l'incomparable café haïtien …

Mais voilà que, l'impressionnante cérémonie religieuse terminée, la procession s'ébranle devant la cathédrale, conduite par un digne prêtre en surplis blanc, avec à ses côtés, un enfant de chœur agitant frénétiquement les clochettes. La reluisante statue de saint Charles Borromée est portée par des fiers-à-bras bien endimanchés, suivie des membres du clergé, de dames patronnesses ; puis d'une véritable marée humaine composée d'un heureux panachage de toutes les classes de la société : commerçants, médecins, avocats, bourgeoises couvertes de bijoux, paysans, étudiants, pêcheurs, *bayakou*. Mais quel curieux assortiment de chapeaux porté par cette foule mouvante ! Feutres, chapeaux-cassave, chapeaux ronds, simples mouchoirs élégamment noués à la manière des Cacos et des nègres marrons… Les costumes crânement arborés, offrent également un spectacle hétéroclite. Les robes à la dernière mode côtoient les insolites habits des plus pauvres, fonds surannés de garde-robe que leur ont charitablement légué les citoyens fortunés.

La procession avance tranquillement dans les rues pavoisées. Au passage du cortège, des pétards explosent, ainsi que les cris : « Qui vive !…

Vive saint Charles ! » Chacun tente de s'approcher de la statue afin d'en toucher les pieds saints. Au croisement de la Grand-rue et de la rue Christophe, le curé s'arrête, brandit le rutilant ostensoir avant de clamer un retentissant *Gloria Dei.*

La foule s'agenouille, se découvre et, tête baissée, se recueille. Puis on se relève en entonnant :

Saint Charles notre père

Daigne agréer nos chants

Entends notre prière

Veille sur tes enfants

Protège Gonaïves...

....

Encore quelques rues à parcourir et la procession regagnera la cathédrale, où l'on écoutera religieusement l'homélie de monseigneur Guimard, ce vieil évêque retraité qui a décidé de finir ses jours en Haïti.

La cloche frénétique a accueilli le retour de la marée humaine. L'avalanche entra dans la cathédrale par toutes les ouvertures. On s'engouffre partout même dans les confessionnaux. Le curé laisse faire... Ora pro nobis... ora pro nobis... La voix de l'officiant change de ton, monte d'un cran, et le chœur suit, monte la gamme... encore plus haut et chante plus fort, encore plus fort, de plus en plus fort... Miserere nobis...

Cérémonie fastueuse et solennelle agrémentée par les voix doucereuses des filles de l'Ecole des sœurs et des chantres des Frères de l'Instruction Chrétienne. Les voix mâles des hommes se perdent dans le ronflement de l'harmonium. Jetro exécute une partition dépouillée durant la distribution de l'eucharistie, suivie du tantum ergo sacramentum....

En dehors, on entend par moments le tohu-bohu d'un groupe de rara qui a bravé les interdits en s'approchant près de la place. Les gendarmes arrivent bien vite pour les éloigner. Le chef de la bande ne résiste pas, exécute un aux champs à l'escouade militaire ... Un coup de sifflet strident, et voilà que le rara entame un *rabòday* en se retirant... Les notes sont poussées dans les bambous par des souffles puissants. Les voix percent l'air :

Nou wè misè mwen

Nou wè traka mwen.

Konm gade misè map pase

Sa fèm lapenn wo wo wo

Mpral kenbe 2 – 3 sirik nan lanmè

Poum fè la vi m wooo

Et tous de crier en chœur : *Yo pete... e e e.*

Le rara se dirige en direction de Jubilé, satisfait de leur prestation.

Beaucoup plus tard, à la nuit tombée, une autre procession partit de *Lacoutimounounn* aura lieu dans la rue principale, à la lumière des lanternes et des torches en bois pin. Le clergé ne sera pas convié. Il n'est pas nécessaire d'en dire davantage.

Puis on s'attardera à admirer les derniers feux d'artifice et rire de quelques bonnes plaisanteries avant de rentrer tranquillement chez soi en humant la douce brise de la nuit. Alors, la tête toute bourdonnante des images de la fête qui s'achève, on songera avec plaisir à la Saint Charles Borromée de l'année prochaine.

⚜⚜⚜

9

Chemin faisant

La charrette monte péniblement une pente rude. Les bœufs tirent, râlent. s'esquintent, bavent. Leurs coulées forment une masse écumeuse que Cétacé détache avec son bâton. Leurs beuglements sourds font pitié, mais ils sont fouettés quand même.

Les trois premiers kilomètres sont franchis. Il reste encore les trois-quarts du chemin à parcourir.

O malheur de malheur! Une barre a cédé. Il faut s'arrêter pour réparer. On dégage les animaux pour les laisser brouter quelques touffes de *madanmichel* pendant que la débrouillardise va utiliser toutes les ressources de l'imagination pour remettre la charrette en état.

Sak vid pa kampe. Génëus attaque un bout de canne qu'il suce rageusement... Tchuitt... tchuitt... tchuitt. Il aspire, il avale, il parle sans arrêt.

—Il ne faut compter que sur nous-mêmes.

—Je ne te le fais pas dire.

—Regarde le continent africain. Il connaît toutes sortes de difficultés de développement malgré ses richesses naturelles. Ses produits sont achetés à vil prix, transformés dans les pays industrialisés et parfois revendus aux Africains eux-mêmes à des prix prohibitifs. J'ai entendu à la radio Vox Americina, qu'il y a plus de 980 millions d'Africains. Ca fait beaucoup de bouches, à nourrir, mais aussi beaucoup de bras pour travailler.

—Tu as la radio. Tu es un *gran nèg.*

—Oooooh ! Juste un petit poste à piles que mon fils m'a ramené de Port-au-Prince. Je l'utilise très peu, car les piles coûtent cher.

—Encore une nouvelle forme de dépendance. On ne s'en sort pas.

—J'ai une idée.

—Tu as une idée ? s'empresse d'attraper Cétacé.

—Naturellement j'ai une idée… Bien sûr que j'ai une idée… Et alors… Hein… Qu'est-ce que tu crois ?

—Mais accouche, s'énerve Cétacé, impatient. C'est de cela même dont on a besoin pour sortir de la condition imposée par la bêtise des hommes à vues courtes. Tu vois mon compère, une idée est une arme terrible et bienfaisante à la fois. C'est une force qu'il faut savoir canaliser. C'est d'ailleurs pour cela que les réactionnaires de la classe prétendue cultivée en veulent à ceux qui par leur courage dégagent des sentiers sombres pour une ouverture.

—Tu parles comme un *save.* compère . *On meurt pour des idées et des idées qui valent la peine de mourir pour elles ne meurent jamais.*

—Ouaou…, tu dis de belles phrases. Que c'est beau !

—Ce n'est pas moi qui le dis. Je crois l'avoir entendu.

Faisant un large mouvement de la main comme s'il s'adressait à un large public :

« Mon idée, elle éclatera, elle brillera comme des feux d'étoiles. J'en suis certain. »

—Compère… tu sais … c'est fragile une pluie d'étoiles. Tu devais trouver une autre comparaison…

Entre temps, le long madrier de bois était réparé. Trois grands coups de fouets claqués majestueusement annoncent cette détermination de prendre le dessus sur les aléas de la vie.

Au carrefour Laborde, le vent violent fait caler le chariot. L'attelage n'avance plus… . Ils se regardent, regardent le chemin de croix, regardent le ciel… D'abord quelques gouttelettes puis de grosses gouttes drues et enfin le ciel ouvre ses vannes. On cherche un refuge sous les grands arbres dont le feuillage dense dessine de belles arcades.

La pluie s'est apaisée…une odeur envoûtante enveloppe la campagne… La brume légère flottant par-dessus les plantations laisse filtrer les rayons d'un soleil indécis.

Juchés sur leur charrette chargée de cannes à sucre fraîchement coupées, Cétacé et Génèus s'en allaient devisant par la campagne.

—Ah, mon cher Cétacé, je suis désespéré…

—Encore! Et qu'est-ce qui ne va pas, cette fois-ci?

En effet, chez Génèus la désespérance était une vieille habitude.

—Compère, je ne sais vraiment pas où nous nous en allons…

—Je t'ai pourtant dit: on va livrer notre canne à sucre, puis on passe au moulin prendre la farine pour tante Erla.

—Je ne parlai pas de nous, imbécile! Je faisais allusion au pays.

—Qu'est-ce qu'il a le pays?

—Rien. Le pays n'a rien, c'est là le problème. Et dire que nous pourrions être autosuffisants! Chaque fois que j'y pense, je deviens fou!

—Il faut dire que tu y penses vraiment souvent…

—As-tu fini de te moquer? Tiens, par exemple: tu me parlais à l'instant de cette farine pour tante Erla. Réalises-tu? Nous en sommes à importer du blé, nous Haïtiens! Je me souviens encore des cassaves et des *boukousou* de ma mère. Un délice! Mais que veux-tu? On nous a si bien conditionnés qu'à présent, nous rougissons presque si on nous surprend à manger ces aliments désormais considérés comme vulgaires… En même temps, nous nous croyons supérieurs en faisant venir du blé d'Europe ou d'Amérique… Veux-tu que je te dise? Ils doivent bien rigoler de nous, à Paris et à Washington…

—Tu exagères, mon vieux. J'admets pour le blé… Mais reconnais que nous produisons toujours notre propre riz. Regarde l'Artibonite.

—Et moi, je te dis qu'au train où vont les choses, il pourrait bientôt ne plus y avoir un seul plant de riz dans l'Artibonite, si les Américains continuent à nous inonder si généreusement de leur surplus que nous achetons aujourd'hui au marché à meilleur prix que notre production locale…

—Ce n'est pas si simple. Après tout, ils cherchent à nous aider…

—Penses-tu! Tu connais le dicton: «Si tu veux aider un homme, ne lui offre pas un poisson, apprends-lui à pêcher.»

Aux Etats-Unis, ils ont des tracteurs qui labourent, sèment et moissonnent de vastes étendues sans effort. Nos paysans, eux, en sont encore à se casser le dos pour sarcler un minuscule arpent de terre. Maintenant, réponds-moi ; si on cherchait vraiment à nous aider, ne crois-tu pas qu'il serait plus efficace de nous procurer quelques-uns de ces tracteurs plutôt que de nous envoyer des tonnes de riz?

—Tu marques un point Cétacé. Mais toi qui parles si bien, quelles solutions proposes-tu?

—Ce que je propose? Je propose que l'on se secoue!

Tiens, regarde là-bas, ces gens bien habillés: à coup sûr, ils reviennent de l'église, puisque c'est aujourd'hui la fête de l'Assomption. Eh bien, je te parie que ces braves gens ont fait de sincères et ardentes prières pour l'avenir du pays. Mais une fois rentrés chez eux, que feront-ils? Ils resteront assis à attendre, et à regarder les mouches voler. Eh bien moi, je leur dis : « Aide-toi, le ciel t'aidera.

Mais amis, ne croyez-vous pas qu'il est temps de joindre l'action à la prière ? »

Tu sais, on hurle beaucoup contre les Américains, et on a raison de le faire car ils ont commis et commettent encore bien des atrocités. Mais il faut rendre cette justice : lorsqu'ils ont débarqué sur des terres en friche, il ne sont pas restés assis sur leur gros dada à pleurnicher sur leur sort et à attendre une aide hypothétique. Non, ils ont retroussé leurs manches. Résultat : de fil en aiguille, ils ont bâti des villes modernes et, par-dessus le marché, se sont offerts le luxe d'aller se promener sur la Lune. Tu vois : avec de la volonté, ont parvient à tout, même à décrocher la lune…

—Tu admettras cependant que, même avec la meilleure volonté du monde, les petits pays ne sont pas de taille à lutter dans le nouveau contexte économique…

—Oui, mais je persiste à croire que ce n'est pas une raison pour baisser les bras. Nous pouvons toujours résister, faire de petites actions concrètes …

—Exemple ?

—Eh bien, pour commencer, ne compte pas sur moi pour rapporter à tante Erla de la farine de blé. Et si elle n'est pas contente, nous lui dirons qu'elle n'a qu'à manger des cassaves et du *boukousou.* !

—Aie, Cétacé… Cétacé… gémit Généus en se prenant la tête à deux mains, dans quel pétrin vas-tu encore nous fourrer…

10

Un certain Mister Vlanki

CHAQUE APRÈS-MIDI, VLANKI ENFOURCHAIT SA BICYCLETTE RALEIGH AVEC une agilité qui, chez un homme de quarante ans, avait de quoi surprendre. Pédalant allègrement, il s'élançait dans la campagne haïtienne dont il ne se lassait pas d'admirer les chatoyants paysages après pourtant trois ans qu'il vivait au pays, loin de son morne Etat du nord des Etats-Unis dont il ne voulait surtout plus goûter les hivers rigoureux. Non, c'était dit, il mourrait ici, dans ce petit paradis tropical.

Sifflotant un air fripon, Vlanki roulait d'un cœur léger vers le prochain village, en route pour son inspection. Qu'inspectait-il au juste ? Personne, à commencer par lui, ne l'a jamais bien su. Mandaté par le gouvernement américain dans le cadre d'un soi-disant programme d'aide économique au développement des zones rurales éloignées, Vlanki se rendait quotidiennement dans les petites écoles communautaires de la région. Une fois par mois, il consignait dans un vague rapport qu'il adressait à ses supérieurs de Washington les progrès stupéfiants observés grâce à ce prodigieux programme d'entraide financé par son gouvernement.

C'est ainsi que Vianki avait connu Mantirobè, plantureuse institutrice qui inculquait patiemment aux petits écoliers de son village des rudiments de lecture et d'arithmétique et qui, entre deux leçons allait faire découvrir à Vlanki, qui n'en était pas encore revenu, les indicibles voluptés que seules savaient prodiguer ces matrones des tropiques, dont les formes généreuses évoquent les sculptures de Botero. Quel délicieux contraste pour Vlanki, jusqu'alors limité à l'inconfortable sac d'os qu'était son austère épouse frigide pétrie de religion et de préceptes moraux!

Aussitôt que retentissait la sonnette de la bicyclette de Vlanki, Mantirobè frappait vivement dans ses mains pour signifier à ses élèves la fin de la classe. Ravis de cette délivrance, les gamins s'égaillaient dans toutes les directions, saluant au passage le cycliste d'un: «*Bonswa Mèt Vlanki*!» accompagné de sourires chargés de malicieux sous-entendus.

Vlanki les saluait paternellement d'une petite friction sur la tête ou d'une tape sur l'épaule. Puis il entrait dans la classe désertée et se précipitait sur Mantirobè. Les deux amants s'étreignaient avec fougue, comme s'ils avaient été séparés pendant trois ans. Puis, main dans la main, ils couraient jusqu'à la petite maison de Mantirobè, où ils donnaient libre cours à leurs frénétiques ébats. Mantirobè concoctait ensuite un solide repas à base de *boukousou*, de hareng saur et d'avocat, dont Vlanki s'empiffrait, les faisant descendre avec de larges lampées de cola-cerise. Le paradis.

Ce même manège se répétait immuablement chaque jour depuis plus d'un an, exceptés les dimanches. On comprend dès lors la surprise de Mantirobè lorsque trois jours s'écoulèrent sans que Vlanki ne donnât signe de vie.

Morte d'inquiétude et brûlante de désirs inassouvis, elle se mit en route le quatrième jour, avalant les six kilomètres qui la séparaient de la demeure de Vlanki. Elle y fut reçue par son épouse, à qui elle se présenta comme étant l'institutrice du village d'à côté, auquel son mari faisait régulièrement l'honneur de ses inspections. Madame Vlanki écouta cette entrée en matière avec la réserve froide et condescendante qu'elle mettait dans tous ses rapports avec ceux qu'elle s'obstinait, après trois ans de séjour en Haïti, à considérer comme des indigènes à demi civilisés dont elle ne pouvait souffrir la proximité qu'avec une extrême répugnance. Puis, elle demanda assez sèchement à Mantirobè quel était le but de sa visite. L'institutrice lui fit part de son étonnement de ne pas avoir revu l'inspecteur depuis maintenant quatre jours, alors que ce dernier, mentit-elle, lui avait promis du matériel pédagogique dont elle espérait beaucoup.

Madame Vlanki, qui ne manquait pas de fouiller dans les papiers de son mari lors de ses fréquentes absences, ne fut pas dupe de ce mensonge. Elle n'en laissa cependant rien paraître, décidée qu'elle était à savoir où exactement cette indigène voulait en venir. Elle expliqua que son mari avait dû se rendre dans la capitale pour régler quelques formalités administratives à l'ambassade, mais qu'il reviendrait d'un moment à l'autre.

En effet, quelques minutes plus tard, Vlanki rentra au logis. Après avoir chastement embrassé sa revêche épouse sur la joue, il salua l'institutrice avec cette respectueuse affabilité qu'il observait dans ses relations strictement professionnelles. Cependant, un embarras palpable flottait dans l'air, exacerbé par les regards perçants que Madame Vlanki jetait tour à tour à son mari et à l'institutrice. La tension devint tellement insupportable qu'instinctivement, Vlanki tira de sa poche son briquet et un paquet de cigarettes, ce qu'il n'avait encore jamais fait en présence de Mantirobè.

L'étonnement de celle-ci fut tel qu'elle en oublia toute prudence.

— *Ho ! ho ! Mon chè ! Ou pa janm di mwen ke ou te fimen !*

Lorsque Mantirobè se rendit compte de sa bévue, elle voulut rattraper ses paroles. Mais il était trop tard.

Les yeux de Madame Vlanki scintillèrent d'une lueur de haine car, en un éclair, elle venait de comprendre par cette exclamation la nature étroite des relations étroites que son mari entretenait avec cette indigène.

Et dire qu'il avait osé la toucher, elle, une femme blanche, après s'être accouplé avec cette… avec une négresse !

Elle se sentit irrémédiablement souillée dans ce qu'elle avait de plus intime.

Jamais elle ne lui pardonnerait.

Dans la soirée, Madame Vlanki écrivit lettre sur lettre, au grand étonnement de son mari qui n'osait cependant pas l'interroger. Puis l'incident se tassa, personne n'y fit allusion, et Vlanki reprit ses excursions à bicyclette.

Deux semaines plus tard, il fut frappé au cœur en découvrant dans son courrier une lettre officielle en provenance de Washington.

Le pli ordonnait de façon comminatoire de rentrer immédiatement aux Etats-Unis : de nouvelles fonctions l'attendaient dans le Tennessee.

Etait-ce possible ? Bien qu'il en eût le soupçon, il ne pouvait croire que sa femme fût pour quelque chose dans cette décision qui avait été prise en très haut lieu, comme l'attestait le cachet sec apposé au bas de la lettre.

Comment une discrète ménagère expatriée en Haïti aurait-elle eu les bras si longs ?

Lorsqu'il annonça à son épouse la terrible nouvelle, celle-ci se contenta d'esquisser un curieux sourire.

11

Le rite du cochon

DEPUIS L'AUBE, LA COUR DE CYPRIEN, NOTABLE DU QUARTIER, bourdonnait comme une ruche. Les gens de la maisonnée entraient et sortaient, portant des victuailles, des blocs de glace, des caisses de bouteilles. Régulièrement, on allait jusqu'au petit enclos où était attaché à un solide pieu un cochon étonnamment dodu. Farfouillant d'un groin fébrile son auge pleine, il paraissait totalement insensible aux regards gourmands qui le disséquaient avec des commentaires d'experts.

Au milieu de l'après-midi, la magnifique table garnie ayant été dressée au milieu de la cour décorée avec goût, Cyprien, annonça joyeusement qu'il était temps d'occire proprement l'animal, car il fallait encore préparer côtelettes, andouilles et boudins. Après avoir affûté ses lames terribles, vérifié une énième fois le tuyau de papaye qui doit servir à faire circuler l'air entre la peau et la couche graisseuse de l'animal, l'exécuteur Mexilus se dirigea vers l'enclos, suivi par la foule des curieux qui, pour rien au monde, n'auraient accepté de perdre une miette du sanglant spectacle.

Un peu plus loin sous la tonnelle, un bruit fou de mitraille, une pétarade désordonnée de coquilles séchées de sablier qu'on jette par moments sur le feu qui pétille avec rage crée une ambiance exceptionnelle. L'eau bout, se révolte rageusement en grosses bulles dans la chaudière en fer, alors qu'une brume blanchâtre s'élève pour se mêler aux grosses volutes de fumée grise qui font grigner et larmoyer.

Le groupe d'observateurs agglutiné près de l'enclos continue à disserter sur le destin du cochon.

—Cela fait bien six bonnes années qu'il se goinfre en boustifaillant tout ce qu'on lui jette, lance Mercidieu. Regardez comme son ventre effleure le sol. Il ronfle, il râle dans un bruit malsain en aspirant bruyamment un peu d'oxygène.

Et un autre de poursuivre : A force de se débattre dans les souilles, il a la couleur de cette eau fangeuse dans laquelle il se vautre depuis sa naissance. Plus il s'enfle, plus ses yeux se rétrécissent au-dessus de son groin qui s'allonge démesurément en vilaine grimace.

Ils font tous une vilaine simagrée comme s'ils s'étaient convenus.

—Avez-vous vu ses défenses longues et tranchantes comme des rasoirs. Avec elles il arrive à bout des saloperies les plus coriaces que viennent lui jeter les gamins pour le simple plaisir du spectacle qu'offre la bête s'acharnant sur les gros morceaux de cuirs récupérés dans la tannerie. Il s'empiffre de tout : de noyaux de mangues, d'avocats, de semelles de vieilles chaussures. A longueur de journée, il fouille le sol de son groin *fouyapòt*, ou bien il s'installe en chien de chasse à côté du purot qu'il a creusé lui-même près du purin qui empeste à la ronde.

—Parfois on le traite avec gentillesse, souligne un autre, sachant qu'il est condamné à faire les frais de nos appétits gloutons. C'est le destin. Il aura fait son temps, et après… après un marcassin lui succédera.

Pendant qu'ils discutaient, l'eau continuait à bouillir avec frénésie dans la grande chaudière de fer. Elle dégage une vapeur, tantôt grise, tantôt blanchâtre, qui humidifie outre mesure l'atmosphère. La sueur coule abondamment sur les hommes qui s'essuient avec leurs pans de chemises. Certains plus expéditifs drainent la sueur avec l'index recourbé et l'envoie dans l'air d'un geste vif, tandis que les femmes en se courbant utilisent le bas de leurs jupons de dentelles.

Sans doute intriguée par la grondante rumeur qui s'élevait autour de lui, le cochon leva le groin de son auge et, de ses petits yeux vicieux et malveillants, embrassa du regard la foule qui l'encerclait. A la seconde où il aperçut Mexilus, un long couteau dans chaque main, il tira d'un coup sec sur la corde qui le retenait. Le pieu, pourtant solidement fiché en terre, vola dans les airs. Ramassé sur lui-même, faisant entendre de sinistres grognements, il se mit alors en position d'attaque. De toute évidence, il défendrait chèrement sa couenne. Blêmissant malgré lui, Mercilus se tourna vers l'assistance et fit signe à quatre lascars taillés en hercule de venir le seconder. Mais l'animal ne laissa pas aux cinq hommes le temps de se concentrer. Il chargea avec furie, mordant cruellement celui-ci, renversant celui-là, avant de fondre sur la foule.

Ce fut une indescriptible débandade. On courait de tous côtés, cherchant désespérément du regard un abri de fortune. La grand-mère et la grand-tante de Cyprien, toutes deux octogénaires impotentes, s'envolèrent dans un manguier avec une agilité qui tenait du miracle. Voyant Cyprien plonger en tremblant sous la table garnie, le cochon fou alla l'y déloger. La table fut renversée dans un assourdissant fracas de porcelaine et de verres brisés. On voulut fuir vers la maison: idée funeste, car la bête farouche suivit. Visitant chaque pièce, elle en saccagea tout le mobilier, éventrant les armoires, lacérant les coussins, basculant le dressoir. Ce cyclone porcin se déchaîna ainsi pendant plus d'un quart d'heure. Réalisant qu'ils n'en viendraient pas à bout, les hommes bien décidés entourent le cochon. Il résiste en faisant entendre des couinements affolés. Mexilus courut à l'appentis et revient avec une énorme corde de marin, lui entrave une patte arrière dans un nœud coulant, puis se dépêche de passer l'autre bout dans un anneau de fer, et tire, tire jusqu'à le déstabiliser... le fatiguant en l'obligeant à se débattre. Il refuse la mort. La panique s'empare de tout son corps qui se crispe de convulsion. Il pousse des grognements, hurle: Ouooo!... ewoouuooou! ... Et les hommes lancent des onomatopées accompagnées de jurons sales pour s'aguerrir.

Mexilus vocifère, prend peur de la résistance exceptionnelle du cochon.

—Ce n'est pas un cochon normal, lance-t-il?

Il en profite pour détaler toute une litanie de croyances superstitieuses.

L'un d'eux était atteint d'un terrible coup de sabot qui provoque une abondante hémorragie.

Le moment de stupeur passé, on profite pour dénigrer copieusement le cochon afin de soulager sa conscience et se défaire de tout relent de culpabilité. Il faut qu'il reste un porc, un sujet de moquerie à qui il faut attribuer des noms de flibustiers et de personnages dégoûtants qui ont entaché l'histoire.

—Cochon de pirate! Vocifère-t-on à l'unisson.

Il fallut des heures pour remettre un semblant d'ordre dans la maison et la cour dévastées. La dague s'est enfoncée dans la carotide. Cette même dague que Sonson avait utilisée pour faire son compte au *Blanmannan* qui lui avait frappé à la tête dans le champ de bananier. Des yeux affaiblis et effroyablement tristes se ferment lentement après s'être posés sur chacun à la ronde, suppliants de pitié. Enfin, il est mort. On règle les saignées avec le pouce, laissant pisser le sang par saccades dans un seau dans lequel on y a ajouté des jets de vinaigre pour empêcher la coagulation. Enfin, la chair fut dépecée, équarrie, préparée, mais sans enthousiasme, car le cœur était beaucoup plus à la vengeance.

La séance s'accélère. On parle peu, on transpire, devient sévère. On travaille à enlever les entrailles et les boyaux qui sont bien vite plongés dans une bassine d'eau tiède dans laquelle flotte des moitiés d'oranges sures. Les femmes préparent les andouillettes du même coup, les étalent sur des feuilles de lataniers et de bananiers.

Rompant le silence, Jeanbart s'esclaffe:

—Il revit ! Il revit ! Je vis ses yeux s'ouvrir. Je le jure sur la tête de ta mère. Il crache par terre...Pituitt... Pituitt à nouveau... La main sur le cœur, il persiste et signe.

—Il faut consulter le *gangan* pour savoir ce qu'il en est.

Les visages se métamorphosent. Un frisson passa dans toute l'assemblée. Si le cochon n'est pas authentique, c'est la malédiction qu'on va attirer sur nous et notre cité. Et tout ce sang coulé, et tous ces efforts fournis pour rien. Il vaut mieux attendre *Parenn.*

—Non, il n'en est rien ? Jeanbart n'a rien vu de tel. Le cochon a pissé tout son sang en puissants jets...Il ne lui reste plus rien. Comment peut-il encore être vivant ?

Un hochement de tête de Janvier renforça le doute.

Les femmes très absorbées continuent selon le rite à enlever les parties rebelles qui gardent encore quelques poils raides, Elles se dépêchent en fredonnant des chants martelés de gestes justes, donnent le ton et la cadence. Par moments, elles font une pause pour parler de recettes traditionnelles où résonnent les mots : *pèsi, djondjon, gonbo, pimanzwazo, yanm*... Toute la lexicologie de la cuisine haïtienne y passe. Il faut départager les parties à rôtir, les parties à griller, celles à boucaner ou encore à saler pour les jours à venir. Elles font des tas de tripes, des tas d'entrailles pour les andouillettes, des tas pour le petit salé... et dans un large *kwi* on met la viande gélatineuse et des morceaux flasques qui frissonnent à côtés du tremblant. Elles y mettent du cœur à partager, se préoccupant à faire des parts égales pour ne pas provoquer de scènes inutiles de jalousie.

Chacun trouve son compte. L'un garde la corde qui a attaché l'animal pour jeter un sort à un redoutable ennemi. Les hommes qui se sont débattus avec lui réclament les testicules pour confectionner un puissant filtre.

Les chiens continuent à aboyer aux résidus qui leur reviennent, se débattant férocement pour attraper au vol en claquant bruyamment leurs gueules, les morceaux qui ne doivent pas atteindre le sol.

La cuisson achevée, les braises cessent de rougeoyer. La viande rissolée fume. Le repas est servi sous la tonnelle où les dames se déplacent en collision avec des chaudrons, poêles, grands plats, petits plats, marmites, cuillères de fer, cuillères de bois, saladiers géants, plateaux, saucières de toutes formes, des louches petites et grandes.

—Seigneur-Ti-Jésus, dit la maîtresse de cérémonie, on n'a pas prié pour remercier Grand-Maître.

—Quelle prière, réplique Cinéus ! On priera après. *Epitou Aleou lavoumm* ! On prie mieux le ventre plein.

—Tout dépend de votre façon de prier, hasarde une voix frêle. Prier est dans l'acte. C'est une permanence à décréter pour rendre hommage à Celui qui met toutes ces bonnes choses à notre disposition. Nous devons pratiquer sans répit la félicité et la reconnaissance.

—Parle-moi de ça ma fille, dit le vieux, derrière ses grosses lunettes d'écaille. Il faut pratiquer.

—Pratiquer, pratiquer...s'énerve un Cinéus goguenard. Qui de nos jours pratique sa foi. On fait semblant quand cela arrange. Il y a manque de conviction dans l'action.

—*Lapwitt!...Lapwitt*! Bon... *Lanmèd*, articule crescendo l'homme révolté. Il faut libérer la sainte vérité.

Le flot de rhum, de *kleren* et de tafia composé avait sans doute enflammé les esprits. Le doyen fit mettre une sourdine à la discussion pour laisser au griot attitré le soin d'égayer les convives.

La voix grasse de Précidieu., maître des contes donne le ton. Il parle, il chante, les narines dilatées par l'odeur des fritures.

—*Tim Tim?*

—*Bwa chèch!*

—*Sak mouri?*

—*Se kochon!*

—*Ki kochon?*

—*Kochon nan pak!*

—*Ki pak?*

—*Pak kochon!*

—*Ki kochon?*

—*Kochon sanvann!*

—*Ki savann?*

—*Savann Desole!*

… et le conte se poursuit jusqu'à ce que quelqu'un d'autre enchaîne avec une nouvelle histoire.

Le repas servi, on mord à coups de dents rancuniers dans les côtelettes et les bons morceaux. Sauf frère Gérôme qui défend à coups de versets bibliques son refus de goûter à la chair de ce vilain animal maudit par l'évangile, s'abstient.

Chacun ruminait en silence son humiliation. Tâchant de chiffrer les dégâts, Cyprien arrivait à des sommes révoltantes. La mort dans l'âme on alla se coucher.

Mais le cochon n'en avait pas fini avec eux. Quelques heures seulement après le repas, tous ceux qui avaient mangé de sa viande ressentirent les premiers maux d'estomac, lesquels dégénèrent rapidement en d'atroces brûlures puis en pressantes coliques. Les toilettes furent prises d'assaut. On rendait tripes et boyaux.

Appelé au matin, le docteur Brutus prescrivit un astringent à toute la maisonnée. Mais il ne cacha pas à ses patients qu'il ne fallait pas espérer un léger mieux avant trois jours.

—Malédiction! ce cochon-là était donc l'œuvre du diable? gémit Cyprien dans son fauteuil, très affaibli par sa quatrième navette entre son lit et le petit coin.

—Qui sait? répondit pensivement le docteur Brutus. D'après la légende, on doit aux flibustiers de l'île de la Tortue ce rite du cochon. A l'époque, ces sacrifices étaient toujours l'occasion de beuveries éhontées accompagnées des plus sadiques débordements dont les indigènes faisaient cruellement les frais. Afin de protéger ces derniers on dit qu'un chef *zòbòp* se mit alors à transformer les flibustiers en sangliers. Pris de panique, les pirates finirent pas quitter l'île maudite. Allez donc savoir si le cochon qui a semé chez vous la ruine et la désolation n'était pas un descendant d'une créature de ce *zòbòp*.

12

La Confrérie des Gayos

Peut-être était-ce précisément parce qu'on ignorait pratiquement tout d'eux qu'ils fascinaient tant ? Originaux, iconoclastes, spirituels, prospères et toujours contents, les Gayos avaient fait du petit bar « Chez Jerta » leur quartier général. C'est là qu'ils se réunissaient deux fois par semaine, lorsqu'ils descendaient de leurs montagnes.

Ces journées-là, Jerta débordait de vitalité et se dépensait sans compter pour les servir avec empressement, ce qui, à première vue, pouvait paraître paradoxal puisque, ignorant la monnaie, les Gayos ne réglaient jamais leurs consommations. Mais la curiosité et l'admiration dont ils faisaient l'objet étaient telles que, les soirs où ils se rendaient chez Jerta, celle-ci réalisait ses plus grosses recettes, son établissement pris d'assaut par les villageois ne désemplissant pas avant l'heure obligée de la fermeture.

Chacun tâchait de s'attirer la sympathie des Gayos afin de donner l'impression qu'il était avec eux sur un pied d'intimité. Les jeunes femmes minaudaient constamment autour d'eux, possédées par le fantasme de devenir la compagne d'un de ces hommes et d'entrer ainsi dans leur confrérie.

Mais de mémoire de villageois, personne, pas mêmes les plus jolies femmes, n'étaient parvenues à se faire admettre parmi les Gayos. Leurs concubines – les Gayos sont réfractaires à l'idée du mariage – venaient régulièrement au village pour y troquer contre de menus ustensiles de magnifiques fruits et légumes récoltés sur les terres si fertiles de leurs plateaux montagneux où nul n'osait se risquer, car on disait ces régions infestées de zombis et de loups-garous. Mais peut-être n'était-ce là qu'une légende entretenue par les Gayos pour avoir la paix.

De temps à autre, les Gayos poussaient jusqu'au cœur du village dont ils arpentaient les rues en apostrophant les maris qui se prélassaient sur leur terrasse, leur reprochant la manière indigne dont ils traitaient épouse et domestique. Ils incitaient les femmes à conquérir davantage de liberté et d'indépendance. Pareilles exhortations, on s'en doute, étaient loin de plaire à tout le monde. Le curé, notamment, avait entrepris de discréditer les Gayos. Un jour, dans un sermon d'une rare virulence, il fustigea ces *aryenafè,* ces parasites. Le dimanche suivant, un petit groupe de Gayos fit irruption dans la petite église, perturbant l'office et menant un si grand tapage que le curé et les fidèles en furent terrorisés.

Les jeunes surtouts idolâtraient les Gayos, dont ils copiaient crânement les manières. Les parents n'approuvaient pas cette influence qui bafouait leur autorité. Mais ils n'osaient pas s'y opposer, de peur de recevoir à domicile la visite inopinée de quelques-uns de ces redresseurs de torts.

Curieusement, on ne voyait jamais ni jeunes ni vieux Gayos. Ceux qui descendaient à la cité avaient tous la trentaine fringante. Probablement que les jeunes et les vieux ne quittaient tout simplement les montagnes. Ce fait contribua cependant très largement à accréditer la rumeur selon laquelle les Gayos avaient percé depuis longtemps le secret de l'éternelle jeunesse.

Les conversations des Gayos étaient toujours animées, passionnantes et riches de bons mots que les villageois savouraient et dont ils se resservaient ensuite chez eux en s'en attribuant souvent la paternité. Ainsi s'enrichissait le vocabulaire et les réflexions familiales, et les discussions citadines s'en trouvaient vivifiées. La bénéfique influence des Gayos sur la cité était indéniable puisque, non contents de la fournir en produits maraîchers de qualité et en précieux conseils sur les vertus médicinales de dizaines de plantes, il en alimentaient également l'esprit. Lorsqu'on demandait aux femmes Gayos le secret de leurs récoltes exceptionnelles, elles répondaient en toute simplicité : « Nous ne bousculons pas la nature : elle a son rythme et ses cycles, nous les respectons. » Interrogés sur l'originalité et la profondeur de leurs pensées, les Gayos disaient : « Nous nous accordons chaque jour cinq minutes de réflexion. » A ces réponses, les citadins se sentaient confusément stupides et coupables et n'osaient rien répliquer. Mais ils songeaient en eux-mêmes, avec une pointe de jalousie, que ces débonnaires et sympathiques Gayos étaient la sagesse incarnée.

⚜ ⚜ ⚜

13

Boss Simon

De mémoire de Gonaïvien, nul n'avait connu plus habile et vaillant que Boss Simon. Il fallait voir comme il faisait jaillir les étincelles à grands coups de marteau sur l'enclume ! Mais aussi, quel magicien que ce forgeron ! Réparant absolument tout, il donnait une seconde jeunesse aux machines les plus délabrées, aux instruments ménagers les plus déglingués, aux outils les plus usés. Ils transformait de simples métaux récupérés en véritables chef-d'œuvres artisanaux. Du simple fer à repasser à l'essieu d'un pétaradant tacot, il venait à bout de toutes les défectuosités. Tubalcaïn, Héphaïstos ou Vulcain, les travaux qu'il exécutait à longueur de journée le mettaient nécessairement en contact avec toutes les couches sociales. Rebouteux, médecins-feuilles venaient de loin se procurer de l'eau de forge pour des traitements. A l'approche de La Toussaint, il est en général très sollicité pour réparer les fers forgés entourant les caveaux qui ont été vandalisés par de jeunes vauriens. La ceinture de fer qui entoure le cimetière doit être entretenue à chaque fête des morts. La mairie en avait confié la charge à la forge de Boss Simon qui ne s'est jamais plaint ni vanté. Il accomplissait dans la modestie ce métier appris d'un vieux qui avait été lui-même formé par un ancêtre qui ferrait les chevaux des maréchaux au temps de la colonisation. Que de fois des gouvernements ne lui ont-ils pas proposé de venir s'installer à la capitale pour prendre en charge les ateliers de ferronnerie de la garde prétorienne. Ce fut toujours le même refus catégorique, car jamais, au grand jamais et pour rien au monde il n'abandonnerait sa Gonaïves natale qui lui procure tant de joies et bien-être... Jamais.

Les apprentis forgerons vouaient un véritable culte à leur maître qui leur formait avec une patience d'ange. Il ne leur demandait rien, sauf leur loyauté et leur persévérance. Il leur versait un salaire mensuel fixe de huit gourdes et quarante centimes. Ceux qui venaient de la lointaine campagne étaient logés et nourris. Ils les installaient tout au fond de la cour dans le hangar transformé en pensionnat. Un dortoir était aménagé dans la mezzanine en bois dur perché à trois mètres au-dessus du sol. Quatre énormes chênes et deux eucalyptus alignés devant cette baroque baraque au demeurant très confortable, la protégeaient en répandant une agréable fraîcheur par les temps de forte canicule.

Non content de leur apprendre toutes les ficelles de son rude métier, Boss leur inculquait l'amour du travail bien fait. D'une douceur et d'une patience phénoménales, il entrait cependant dans des colères noires lorsqu'il voyait un apprenti bâcler le travail. Il pulvérisait aussitôt l'objet à grands coups de marteau et obligeait le fautif à recommencer. Cette rigueur morale, il parvenait également à l'insuffler à ses clients. Lorsque l'un d'eux tentait de finasser afin de ne pas payer au forgeron le travail accompli, son visage se durcissait et, en trois mots secs, faisait comprendre au mauvais payeur qu'à l'avenir, il avait tout intérêt de se tenir à bonne distance de sa forge.

Pendant le jour, de jeunes curieux attirés par le rythme productif des jeunes forgerons, venaient s'installer sous le grand bayahonde, à quelques mètres de la forge à plein ciel de Boss Simon. C'est une merveille de le voir travailler. Il engageait le fer dans la forge activée par des coups de pédales du maître et d'où sortaient des flammes rougeoyantes. Il introduisait le fer qu'il tenait de la main gauche tandis qu'il soulevait vigoureusement un lourd marteau qui retombait avec précision en faisant jaillir des étincelles multicolores. C'était fabuleux de le voir tremper le fer rougi dans le baquet en bois rempli d'eau qui bouillonnait à chaque pénétration du métal. C'est cette eau chargée d'alchimiques vertus que les *mèt ougan* des mornes viennent chercher aux périodes de lune montante. Rien n'est inutile: toutes les limailles de fer sont récupérées et transformées. Ce bon bougre qui transpire la force et une volonté de vaincre a une façon calme et assurée de se déplacer qui ajoute du charme à la sérénité imposante de sa personne. L'absorption de temps à autre d'une sorte de tisane dans laquelle nage des morceaux de racines n'explique pas pour autant toute la sueur qui l'inonde quand la forge ronfle à pleine puissance de croisière.

Très attentif, Boss Simon tout en travaillant observe le moindre geste de ses apprentis… Un geste maladroit est décelé … « Fourre le fer dans cette bêtise, crie un maître outré, qui regrette aussitôt de s'être exprimé de façon si triviale… »

Sans perdre son rythme, il continue à s'appliquer, se force à l'ouvrage et, en quelques minutes d'élaboration, il vous sort un magnifique couteau-digo. On l'a vu une fois transformer un vil morceau de ferraille de voiture en un magnifique couvercle de réchaud. Les gens étaient ébahis à la vue de cette pièce d'orfèvrerie.

Admiré pour son rare talent, Boss Simon était également recherché pour ses avisés conseils. Souvent, on prétextait d'une réparation quelconque pour se rendre à la forge. Tandis qu'il examinait l'objet défectueux, on lui exposait des états d'âme, des cas de conscience, des tracas domestiques. Avec ses paroles simples et son bon sens qui semblait couler de source, Boss Simon développait son idée, osait un avis. Son interlocuteur, subitement frappé par un trait de lumière, voyait alors lui apparaître la solution à son problème.

Un matin ce fut une replète et belle créature des proches campagnes qui s'amena. Elle ne pouvait plus tolérer le comportement de son mari. Elle avait décidé de rompre. Une décision bien grave, en vérité, mais elle préféra avant de commettre l'irréparable de demander conseil à Boss Simon très apprécié pour sa sagesse.

— Que fait ton mari ? demande Boss.

— Il est buveur, lance la dame qui avait fini par se faire à l'idée que boire était une occupation à part entière. Boire de l'alcool était une profession pour son pauvre mari et ses compagnons de misère qui venaient s'asseoir à longueur de journée devant la porte, un verre à la main pour s'adonner à leur vice. Pouvoir ingurgiter des litres de Barbancourt relevait d'une science que d'aucun s'amuse à se glorifier.

La dame ajustant ses belles tresses lourdes qui tombaient sur ses épaules, ajouta : *Bwasonyè!... bwasonyè!* ... Il boit à longueur de journée et se vante de disposer de cent gourdes par semaine pour ce sport dévastateur.

— Pourquoi pas, dit cyniquement Boss Simon. C'est une morbide façon comme tant d'autres de se précipiter vers le charnier. Il a choisi ce genre de fuite.

Très décidé, Boss se leva, marcha de long en large, passant sa main sur son lourd tablier croisé en maître... maître des forges...vainqueur du fer... homme capable de dompter. Il aimerait trouvé le mot juste pour qu'en entrant à la maison, la femme aux belles tresses puisse convaincre et convertir son mari à la vie. Lui qui ne s'accommode pas d'hypocrisie et des détours de la diplomatie, chercha longtemps pour blâmer l'homme inconscient qui s'abrutit et ruine sa vie et celle de son épouse.

Boss continua à marcher jusqu'à ce qu'il trouve des mots justes. En un éclair, la dame impatiente entend siffler des expressions, voit se défiler des images. Elle a compris avant même que Boss ne lança sa condamnation.

Pourtant, le maître ouvrit la bouche, se retient... La dame fit la moue... patiente. Boss continue ses pas de sénateur et enfin s'enflamme :

— Votre homme est fou. Fou à lier. Ses séances de saouleries sont les parenthèses d'une douce folie. Je vous le confirme. Il faut l'enfermer à Beudet. C'est la seule solution.

La femme tressaillit, pris peur, se leva pour prendre congé. Boss Simon lui fit signe de rester assise. Elle parla, parla, prise dans l'engrenage d'une hystérie verbeuse. Boss écoutait. Il avait deviné à travers tout ce discours que le vrai problème du mari n'était pas l'alcool. Il buvait pour échapper à une insoutenable réalité. Il suggéra à la dame de trouver un prétexte pour faire venir le mari à la forge. Sans qu'il s'en doute, il le retiendra pour discuter avec lui.

La semaine qui suit, le *bwasonyè* se présenta à la forge pour se faire réparer un fer à repasser. Le travail fut accompli avec une perfection telle que les deux hommes restèrent longtemps à échanger des idées sur l'alchimie des métaux. Cela tombait bien. Le *bwasonyè* était un ancien professeur de physique mit en disponibilité à cause de ses idées révolutionnaires. Leurs discussions débouchèrent sur un projet commun de lancer un modèle de fer à repasser qui simplifierait la vie des ménages. Cette nouvelle occupation qui se transforma en passion donna un nouveau sens à l'existence du professeur de physique. Il ne buvait plus.

Tout en cassant la croûte Le maître peut intervenir dans les discussions de ses apprentis d'une façon élégante pour apporter une conclusion heureuse après avoir écouté patiemment.

A midi, Boss Simon et ses apprentis se réunissaient dans la cour de la forge pour manger d'un bon, appétit les délicieux plats que leur apportait Madan Boss, la femme du maître forgeron : *moutòl* au pois rouge, ragoût de cabri, salade d'avocat, banane plantain… Ces copieux repas étaient également l'occasion de grandes discussions. Boss Simon faisait parler ses jeunes, sondait leurs ambitions. A ceux qui lui révélaient leur rêve de partir vivre un jour aux Etats-Unis ou en Europe, il tentait de leur faire comprendre qu'ils étaient utiles ici, au pays, tandis qu'une existence d'humiliation faite d'emplois précaires les attendait dans ces froides villes du Nord.

… Le sort du pays l'inquiétait. Perdu dans ses réflexions, il relève lentement la tête :

—Et toi Edner, qu'est-ce que tu ferais si tu étais président?

—Oh! Moi... franchement... je n'y pense pas. Je n'aimerais pas du tout être président.

Boss sourit malicieusement.

—Alors tu n'as pas d'ambition... Même si ce n'est pas le cas, il faut penser à assumer des responsabilités dans des petites choses à ta portée et le reste se fera de lui-même. Tu ne vas pas rester éternellement *tikatkat.*

—Je ne sais pas. A notre âge on rêve beaucoup, on invente dans sa tête ...mais ça ne va pas bien loin.

—Eh bien rêver... C'est déjà ça. Tout rêve est susceptible de devenir réalité. Moi je te dis que tu seras une grande tête dans ton pays. Marques-le d'une croix. Même si je suis mort, les fourmis m'apporteront des nouvelles.

Dans le coin, on entend s'élever la voix de Frédéric crachant des gros mots. Une violente dispute s'est éclatée entre lui et Ti-Germain à cause d'un *mi* qu'il avait introduit dans leur partie de dominos. La table est renversée violemment et les deux s'apprêtaient à venir aux mains quand intervint Boss Simon tenant à la main une barre de fer.

Dans son moment de colère, il demande à tous de déguerpir.

La cour se vida en un éclair, puis dominé par un calme que seul le crépitement du feu soulignait majestueusement.

Les apprentis et compagnons travaillent tous les jours de la semaine sauf le dimanche et les jours fériés. L'apprentissage durait aussi longtemps que le jeune compagnon devait apprendre les rudiments du métier. Il leur était enseigné l'origine du fer et toute son importance dans l'histoire des hommes. Le maître leur expliquait la grande noblesse des forgerons et la dignité qu'ils doivent toujours garder dans l'exercice de ce prestigieux métier dont peu en comprend le sens.

A chacun, des tâches bien précises sont confiées selon leurs aptitudes à sa dernière année de formation où le jeune ouvrier peu prendre en charge certaines commandes que lui confie le patron qui a toute l'assurance du fini du travail. La clientèle abonde, surtout les jours de marché où l'on redresse des jantes de voiture, des roues de charrue, des essieux, des barres lourdes de chariots à bœufs et de vieilles chaudières de guildive en fin de carrière. Quand la grande et lourde porte de la vieille cathédrale s'est affaissée à force de tourner sur ses gonds, on fit venir Boss Simon qui emmena avec lui deux des plus doués de ses apprentis pour la consolider et remettre d'aplomb.

Noé était chargé du rangement des outils et de la propreté générale de la forge. Il lui appartenait de se choisir un ou deux aides. On profitait pour récupérer les limailles, les rognures de cornes de bœuf et cabris utilisés dans la fabrication de manches d'instruments contondants. Ils étaient fiers et encouragés quand les clients faisaient remarquer la propreté de la forge et l'ordre qui y régnaient. Comme le patron les exhortait à m'humilité, ils répondaient aux félicitations par un gentil sourire, tordant les lèvres tout en tournant le regard vers leur chef.

De tous les apprentis, Noé était celui qui avait le plus marqué la vie de la forge. Il arriva un matin de décembre, huit jours après le passage du grand cyclone qui fit des ravages énormes dans la région. Un matin en ouvrant les barrières, Boss Simon trouva un jeune homme dépenaillé allongé par terre, dans un état si inquiétant qu'il demande de l'aide pour l'amener à l'hôpital. Boss Simon le prit en charge pendant son séjour à l'hôpital agissant comme si c'était son propre fils. C'était la seule période où la forge se fermait tôt pour permettre à Boss Simon de visiter son protégé… Noé fut sauvé et resta depuis lors comme apprenti. Ses parents ont tous péri sous les décombres de leur maison détruite par l'ouragan. Un de ses frères a eu la vie sauve, mais il ne l'a jamais revu.

Cette forge vivait un rythme quasiment martial. Dès cinq heures du matin on entendait battre le fer et en période de surcharge on commençait plus tôt. Aucune journée ne se ressemblait. Quand ce n'est pas le boulanger qui arrive pour la réparation d'une pièce défaillante du moulin à pâte, c'est le garagiste qui vient se faire redresser une jante... Mais ce jour-là, c'est l'usine de glace de la ville qui se vit obliger de mettre à pied ses soixante-dix ouvriers pour une durée indéterminée : une pièce essentielle de la machine centrale venait de rendre l'âme. Quant à commander une nouvelle pièce, il n'y fallait pas songer : complètement désuètes, ces machines, émouvants vestiges des balbutiements de l'ère industrielle, n'existaient plus depuis longtemps que dans le vague souvenir des lointains ingénieurs français qui les avaient conçues. Quelqu'un lança alors l'idée de démonter la pièce brisée et de la porter chez Boss Simon, ce qui fut fait. Ce dernier inspecta longuement la pièce en se grattant la tête et en réfléchissant intensément. Déjà son cerveau trouvait des solutions. On fit entrer la carriole portant la lourde pièce dans la vaste forge de Boss Simon, où celui-ci s'enferma avec la fine équipe d'apprentis.

Toute la nuit, on entendit marteaux, pinces, masses, limes, cisailles et tenailles livrer bataille avec le métal. Puis au matin, la fine équipe alla réveiller le patron de l'usine à glace et fabrique de cola. La pièce était prête.

Lorsqu'on ôta la bâche qui recouvrait la carriole, Fèfè crut avoir la berlue : là, sous ses yeux, se trouvait, flambant neuve, la pièce de sa machine. En moins d'une heure, celle-ci fut réinstallée sur la vétuste machine.

—*Like knew*! dit orgueilleusement le plus jeune des apprentis.

Quand Fèfè actionna le commutateur, tous les ouvriers présents retinrent leur souffle. Un léger bruit de ferraille qui s'attarde un moment, inquiète... puis la machine se met à tourner... On entendit alors la grosse machine ronronner comme un matou content : jamais elle n'avait si bien fonctionné. Fèfè était aux anges. Il remercie, félicite chaleureusement Boss Simon en ajoutant quelques gourdes à la facture. Les apprentis reçurent tous leur *craze* en signe de compliments.

Boss Simon fut porté en triomphe toute la matinée dans les rues de la ville.

La station de radio « La voix des Gonaïves » invitait les employés à reprendre le travail. Un ouf de soulagement accueille cette bonne nouvelle. Ils arrivèrent dans l'heure qui suit devant les portes que gardait un planton rébarbatif. Fèfè imposant et réjouit, se montra devant l'entrée pour accueillir ses ouvriers avec un large sourire aux lèvres. On lui rend grâce… on apprécie sa diligence.

— C'est un bon boss, disent les ouvriers trop heureux de mettre fin à leur cauchemar de fin de mois sans argent.

Fèfè, installé derrière un large bureau d'acajou chargé de papiers se disait en lui-même qu'il n'a plus à s'inquiéter pour cette pièce maîtresse qui a toujours été sa grande hantise.

Cette démonstration de savoir-faire contribue encore une fois à la célébrité de Boss Simon. L'Ecole des Arts et Métiers J.B. Damier voulant créer un atelier de forge et de traitement de métaux, fit appel au génial forgeron dont la réputation envahissait tout le pays, pour prendre en charge cette exigeante discipline. Il refusa tout net, alléguant qu'il trouvait plus judicieux d'installer un centre de formation et d'apprentissage en province qui faciliterait le mouvement de décentralisation si hautement claironné en périodes électorales. On lui promit d'y donner suite.

Un après-midi, alors que l'on s'activait à la forge, une confuse rumeur couvrit le martèlement des outils de ces nouveaux Vulcain. Quittant la forge, Boss Simon gagna la rue. Il fut surpris de voir les gens courir en tous sens, en proie à une grande panique, se précipitant dans les maisons où ils se claquemuraient. Hors d'haleine ; Madan Boss apparut devant lui, hurlant :

Deblozay ! Deblozay ! Ils cassent tout, ils brûlent tout !

Boss fit entrer sa femme à l'intérieur de la forge dont il referma prudemment la lourde porte de bois. Madan Boss expliqua qu'un groupe de la population, excédé par les trop grandes inégalités sociales, s'était mis à tout saccager en ville, pillant les boutiques et brûlant les maisons.

— Les imbéciles... maugréa Boss Simon.

Il ressortit dans la rue, très irrité. Armés de barres de fer, ses apprentis le joignirent et firent bloc autour de lui. Au même instant, un groupe d'énervés arrivait devant la forge, des brandons à la main. De toute évidence, ils s'apprêtaient à y mettre le feu.

— Ne soyez pas stupides, leur lança Boss Simon. Quel avantage pensez-vous retirer de vos actes de vandalisme ?

Vous criez « révolution » mais vous ne faites que handicaper davantage le pays. Suis-je donc votre ennemi pour que vous vous en preniez à ma forge ? Vous et moi sommes dans la même galère : n'en sabotons pas la coque ; n'en brisons pas le gouvernail. Il en va de votre salut à tous. La vraie révolution consiste non pas à tout démolir dans la confusion, comme vous le faites, mais à bâtir ensemble. La devise de notre pays ne dit-elle pas que l'union fait la force ?

Dans la foule perce une voix criant à tue-tête : Noé ! Noé ! Noé ! C'est Ibéric qui reconnaît son frère qu'il croyait mort le jour de la grande tempête qui emporta les siens.

Les soldats le laissent passer. Il franchit la grille, se jette dans les bras de son frère en pleurant : Noé ! Noé ! Noé !...Tu es vivant !

La foule éberluée, ne comprend pas cette scène si poignante. Boss luimême prend la peine d'expliquer.

Les casseurs furent visiblement troublés par les paroles du forgeron.

Peu à peu les gens ressortaient de leur maison, observant à distance Boss Simon qui tenait tête à ses assaillants.

Soudain, au loin, quelqu'un hurla :

—Ils incendient la forge de Boss Simon!

A ce cri, les citoyens convergèrent en direction du forgeron pour lui prêter main-forte. Un vieil homme marcha sur les saccageurs et les bouscula. Ses yeux terribles étincelaient.

—Vous ne toucherez pas à Boss Simon, vous m'entendez? La ville ne serait rien sans lui! C'est lui qui répare et nous fournit tous les instruments indispensables: Sans lui, nous serions dans une misère totale!

Un frisson parcourut la foule. Le petit vieux se tourna vers elle et, d'une voix tonnante, se mit à chanter:

Ohé les gueux

Hoé les laissés-pour-compte

Ohé les entrailles, les racines vivaces, la foi et la semence

Sans vous point de verdure ni floraison ni récolte

Ohé les preux

Hoé

Hoé les gueux

Debout! Debout!

Le chant fut repris en chœur. On ne songea plus à piller ni à incendier. Les choses rentrèrent dans l'ordre.

Les semaines suivantes, à l'inspiration de Boss Simon, on organisa des groupes dans chaque quartier et l'on se mit à reconstruire maisons, écoles, dispensaires ; les routes furent réparées et prolongées. La nouvelle de cette fulgurante résurrection de la ville se répandit comme une traînée de poudre dans les régions avoisinantes qui, toutes, décidèrent de suivre un si bel exemple.

⚜ ⚜ ⚜

14

Necker

NECKER, LE BEDEAU DE L'ÉGLISE, N'AVAIT PAS SON PAREIL POUR SONNER les cloches. Il mettait tant de sentiments délicats et de subtiles nuances dans son art que chaque tintement des bronzes et des cuivres qu'il laissait échapper du campanile s'écoutait comme le beau vers d'un poème mystique. Ainsi rythmait de sa manière si personnelle la vie de la ville, sonnant l'angélus, les heures du jour, les baptêmes, mariages et enterrements. De fait, bien que les citadins possédassent montres et horloges, ils négligent le plus souvent de les consulter, tant ils avaient pris l'habitude de s'en remettre aux cloches ponctuelles de Necker pour organiser leurs journées. On devinait l'heure à son passage. Les jeunes ménagères répondaient quand on leur demandait l'heure :

—*Nekè poko passe.*

Ayant appris dès son jeune âge que l'oisiveté devait être regardée comme le plus sournois des vices, entre deux carillonnements de cloches, Necker occupait ses temps libres à façonner de petites poupées et de jolis coffres à bijoux avec les rebuts glanés dans la menuiserie de Boss Albert où il était apprenti à temps partiel. Là encore, il se révéla d'une virtuosité qui commandait l'admiration. Très vite, il n'y eut pas une fillette, pas une femme de la ville qui ne voulût avoir qui sa poupée, qui son coffret. Necker, qui ne savait rien refuser, se vit assailli de demandes.

—Demain… demain… si Dieu le veut, disait-il inlassablement.

On insistait plus que de raison.

—Demain sans faute…

Et les malins gênés de cette popularité de Necker ajoutait avec malice : « Quand les poules auront des dents. »

Sans mentir, il était plus populaire qu'un homme politique. Necker sonnait les baptêmes, les mariages, les vêpres, l'angélus, rassemblait pauvres et riches, sonnait le glas des morts. Quand les cloches carillonnaient, elles se rappelaient toutes que le sonneur leur devait soit une poupée, soit une boîte à bijoux.

Un fait singulier allait étendre davantage encore sa réputation. Ayant appris la nouvelle toquade de ses administrées pour les poupées du bedeau, le maire eut la curiosité d'aller le trouver. Admirant quelques échantillons du travail remarquable de Necker ; l'idée vint au maire qu'un si joli jouet pouvait sans doute égayer sa pauvre gamine autiste qui, à l'âge de sept ans, n'avait pas encore prononcé un mot. Touché par le récit du sort de cette enfant, le brave Necker mit tout son cœur et son talent dans la confection de la poupée qu'il porta trois jours plus tard chez le maire.

Ce dernier l'introduisit dans la chambre de la fillette. Assis sur son lit, la tête rivée au sol, l'enfant paraissait perdue dans sa prostration.

—Tiens, ma chérie, regarde la jolie poupée que Necker a faite pour toi…

Necker s'avança timidement vers l'enfant et, gauchement, plaça la poupée dans ses bras. Pris de pitié, sentant monter en lui une forte envie de pleurer, le bedeau battit en retraite et, esquivant le maire qu'il n'osait pas regarder, s'apprêta à quitter la chambre lorsqu'une joyeuse petite voix cristalline frappa ses oreilles :

« Quelle est belle… Merci beaucoup, Necker… Je l'appellerai Angélique… »

Le maire faillit s'écrouler.

—Oh ! Elle parle, elle parle s'écrit-il. Les yeux étincelants de bonheur, il appela sa femme.

—Viens voir Mitoune, viens voir, viens entendre.

Pendant ce temps, la fille continuait à s'agiter, à rire, à jouer avec sa poupée. Elle danse, piaffe, lance la poupée en l'air, la rattrape, la mignonant, la presse contre son cœur.

La mère surprise, ne comprend goutte. saisit sa fille dans ses bras. Des larmes coulent de ses yeux illuminés de joie.

La nouvelle de cette guérison miraculeuse fit le tour de la ville en quelques secondes. Elle eut pour effet de décupler les commandes passées au bedeau.

Le pauvre homme était si débordé qu'il en oubliait fréquemment ses cloches.

Il n'en fallait pas davantage pour désorganiser complètement la vie routinière des habitants. Faute des carillons de Necker, les rendez-vous furent manqués, des repas brûlés ; les fidèles n'assistaient plus aux offices religieux ou alors se présentaient à l'église à des heures plus que fantaisistes. En un mot, la pagaille était totale. Accablé de reproches, Necker prenait son air borné, répondait qu'il avait des poupées à livrer et qu'il ne pouvait penser à tout.

Réalisant que la ville menaçait de perdre son âme pour des colifichets, le curé décida de prendre les choses en main.

Il convoqua le bedeau au presbytère et, en quelques phrases énergiques, lui rappela où était son devoir.

C'est ainsi que Necker retourna à ses cloches, dont il savait tirer de si belles harmonies. Quant à son artisanat, il redevint ce qu'il était : un bien agréable passe-temps.

Des années passèrent, la fille du maire devient une charmante jeune personne qu'un prétendant demanda en mariage. Necker choisi comme parrain demanda le privilège de carillonner les cloches et de faire tinter lui-même le fa de la vierge qui prétend-on distribue des vibrations de bonheur.

Le jour du mariage, les invités venus de loin inondaient la maison du maire. Les jeunes mariés rayonnaient sur une estrade artistiquement décorée. Galopins et curieux s'accrochaient au plus haut des branches pour voir la mariée qui ressemblaient curieusement à une poupée de Necker.

On chercha partout le parrain pour le petit mot de circonstance. Point de Necker. Quand on entendit carillonner le fa de la vierge… on avait compris. Necker donnait la note. Il ne pouvait y avoir de plus beaux discours pour une telle occasion.

⚜ ⚜ ⚜

15

Une inadvertance de Milien Zago

Milien Zago très concentré à préparer des filtres n'entendit pas le malheureux René venu le consulter pour changer son destin.... Las de patienter, il se gratta la gorge pour attirer l'attention.

—Euh... C'est à quel sujet? fit le sorcier en levant lentement la tête.

—Je suis revenu vous voir. Vous m'avez promis de faire quelque chose pour moi quand on s'est rencontrés vendredi dernier au marché aux feuilles.

—C'était quoi au juste?

—Heu...heu... J'hésite à le dire... Je ne sais pas si c'est possible.

—... Avec mes puissants filtres tout est possible.

—Excusez-moi de douter de vos pouvoirs... Je voudrais changer ce visage ingrat qui porte la poisse. Les femmes se moquent de moi.

—Changer, dites-vous? Disons mieux...Corriger? C'est deux cent dollars.

—Aaah... c'est beaucoup d'argent, grand magicien. Je ne trouverai jamais une pareille somme.

—Alors, vous n'êtes pas seulement laid. Il vous manque aussi de l'intelligence. Vous devriez penser à posséder de l'argent d'abord. L'argent vous rendra beau aux yeux des créatures que vous convoitez. A vous de décider ?

—Mais j'aimerais aussi ajouter un petit peu de beauté.

—Allez. Quand vous aurez réuni assez d'argent, revenez me voir. Je vous donnerai la richesse. Et tous vos désirs seront comblés.

Quelques mois plus tard René revient avec le montant. Le sorcier après avoir bien compté l'argent, prononce quelques formules elfiques et remet une fiole bien enveloppée à son client.

Le filtre fit son effet. René n'en croit pas ses yeux. Il est devenu un riche citoyen honoré et sollicité de l'élite… Il ne savait plus comment réussir à honorer les sollicitations des vénustés qui se disputaient sa compagnie.

Un matin, toujours perdu dans son *onfò* occupé à composer des filtres, le grand Milien Zago, voit arriver un gentleman sapé comme un prince, l'air un peu préoccupé. Il prit du temps à reconnaître son client complètement transformé…

—Alors, ça marche comme vous voulez ? Vous êtes satisfait de votre nouvelle vie ?

—Dire que ça ne marche pas ce serait vous mentir…Ça marche même un peu trop à mon goût.

—Voilà l'homme ! C'est animal qui n'est jamais satisfait. Que voulez vous de plus ?

—… De plus… Pas du tout…. Je voudrais un filtre moins puissant.

—Comment ? fit Milien Zago le démoniaque dispensateur de bonheur futile….Faites voir la fiole…

Sans hésiter, René présente la petite bouteille magique au sorcier qui l'examine sous le regard courroucé de son client.

Les doigts toujours emmêlés dans une barbe hirsute, Milien Zago grommela tout en essayant difficilement de comprimer un sadique ricanement …

…Erreur. Erreur grave… et presque irréparable…La fiole portait l'inscription : richesse pour eunuque.

⚜ ⚜ ⚜

16

Le jardin des élus

« SYLVANA ! SYLVANA ! » LA VOIX AUTORITAIRE RÉSONNAIT DANS LE FOND DU jardin en échos détachés. Une jeune fille aux grands yeux créoles, les cheveux nattés en tresses serrées pendant des deux côtés du visage, cueillait des fleurs, ôtait les feuilles tout en fredonnant une suave cantilène. Les bras chargés de fleurs, vêtue d'une large jupe plissée, et d'un corsage en toile zéphyr, elle se montra enfin entre les bananiers courbés sous le poids des régimes en maturité.

« Me voilà, tante Claire. Je cueillais des lauriers pour composer l'ikebana en assortiment avec les gabrielles. J'aurai bientôt terminé.

— Il est temps d'aller faire le ménage à l'intérieur. Dépêche-toi. »

Un sourire épanouit le visage de Sylvana lorsqu'elle aperçut le garçon des jardins d'en-dehors qui venait d'arriver avec des paniers de fruits. Elle promena un regard enjoué sur les belles mangues et sapotilles qui fondaient dans la bouche à la moindre pression des lèvres. Pétrus les avait arrangées de telle sorte que le poids des fruits du dessus ne meurtrît pas ceux du fond du panier.

Le jardin des élus était une merveille. Grâce aux soins assidus de la persévérante jardinière, qui avait appris du Vénérable quelques rudiments de botanique, les arbres de la cour intérieure poussaient et repoussaient chaque fois plus touffus et vigoureux. Des clochettes odoriférantes à vous couper le souffle s'amalgamaient aux chatoyantes roses trémières qui se nuançaient à l'infini, tandis que de luxuriants rhododendrons, fougères et orchidées s'épanouissaient en quinconces serrés.

En traversant cet éden, on se heurtait à un gong suspendu entre deux majestueux palmistes auxquels étaient accrochées des lamelles de bambous qui, en s'entrechoquant, faisaient fuir les *madansaras* friands des fruits succulents qui leur livraient leur suc à la moindre becquée.

Plus on avançait parmi les fleurs et l'abondant feuillage, plus on découvrait de sources d'émerveillements. Une lumière douce filtrait à travers les tonnelles de vignes pour s'étaler en plaques d'ombre et de lumière sur le sol. Par l'effet du jeu subtil de la brise, on croyait voir par moments des silhouettes bouger sous les taillis de tamarins. Disséminées dans le jardin, de grandes jarres débordaient de grappes de dattes que les citadins autorisés venaient y déposer après leurs vendanges dans la Grande Avenue et dans les champs voisins.

Quand on avait passé la pagode et franchi la voûte fleurie de gardénias près de laquelle l'eau de la fontaine égrenait sa musique cristalline, accompagnant le ballet des paons se pavanant alentour, un spectacle radieux et paisible s'offrait à la contemplation. On se serait cru dans une antichambre céleste. A se promener dans ce jardin, on se demandait si, par un effet magique, on n'avait pas été transporté dans un univers cosmique, tant le parfum persistant des fleurs tropicales envoûtait.

On ne pouvait avancer vers la demeure où le Vénérable était en méditation sans faire une escale obligée devant le muret qui séparait la cour du jardin pour contempler la fresque représentant *Erzulie sortant des eaux*, réalisée par l'artiste de la Confrérie des élus dans un extrême moment d'inspiration. C'est devant cette piéta que commençait l'éducation de tout néophyte appelé à servir.

« Sylvana ! Réveille-toi ! lança la tante qui se dirigeait vers la véranda. Tu rêves trop, ma fille. C'est bien de rêver, n'est-ce pas, mais il ne faut pas trop en abuser. Le Vénérable est dans sa retraite, il t'attend.

—Déjà ? s'étonna-t-elle. Il n'est que 7 heures.

—Et alors!... Qu'est-ce que tu en penses ? Crois-tu peut-être que le soleil attend le jour pour se manifester ? »

Sylvana se dépêcha, une fleur d'hibiscus dans les cheveux. Son attention était tendue vers la fenêtre du Vénérable qu'envahissaient quelques lueurs du soleil naissant.

Investi selon une hiérarchie rigoureuse, le Vénérable était l'homme le plus adulé de la ville ; le plus écouté aussi quand il s'agissait de transmettre des enseignements et de les faire appliquer. Sa haute intelligence et son expérience lui avaient valu ce titre très envié du clan des doyens, qui faisaient des efforts soutenus pour le mériter.

Dans les réunions de conduite des affaires de la ville, quand les discussions très vives sur des sujets épineux ne trouvaient pas d'issue, c'était lui qui tranchait, et personne ne trouvait plus à redire. On aurait cru qu'il gardait toujours un atout dans sa manche, qu'il ne sortait que quand la discussion bloquait par manque d'éléments convaincants. Il connaissait parfaitement les textes mystiques de la naissance de la terre et du grand livre de la nature. C'était à lui que l'on avait eu recours lorsque la ville avait failli déchoir sous la contradiction de politiques absurdes. « Passons de la fiction au concret, concluait souvent le Vénérable, avec une supériorité de sagesse. »

Possédant une extraordinaire science infuse, c'était un saint homme qui délivrait ses prédictions avec justesse. Le clergé même se conformait à certaines de ses idées de réforme pour faire fructifier la foi chez ses fidèles. Avec de la douceur dans les yeux, l'évêque qui avait été honoré par le Vatican pour son humilité et sa grande sagesse disait qu'une telle flamme d'énergie était une marque de Dieu.

Une barbe blanche ornait la poitrine de Vénérable, à la manière des apôtres du Christ. Son front large indiquait le dédain des choses d'ici-bas. Il allait à la rencontre des petits enfants des rues de la cité, leur serrait la main et quémandait des réponses. Leur saine sagesse les faisait triompher des interrogations des adultes, confondus dans des considérations philosophiques trop compliquées. Ces petits innocents se sentaient vraiment flattés de l'indulgence du vieillard à leur égard.

Tous les samedis soirs, le Vénérable ne manquait d'inviter à sa table les érudits de la ville et ceux jugés dignes de débattre de ses enseignements. Comme son riche savoir académique semblait rivaliser avec celui du doyen Dorval, des érudits avertis ne manquaient pas de souligner que la science de ce dernier, malgré sa richesse reconnue, était aussi pleine de paradoxes et de contradictions. Toujours hors de propos, et superficiel dans ses approches philosophiques, le doyen Dorval irritait plus qu'il n'enseignait. Pourtant, il se permettait de se proclamer « le successeur ». Considérant que la transmission des hauts secrets liés à ce titre réclamait des capacités métaphysiques très éprouvées bien au-delà des connaissances profanes, le cercle des élus méritants n'en faisait pas cas.

Vénérable n'ayant pas d'héritier direct, le choix serait difficile. Selon les principes les plus rigides de la Confrérie, on entrait dans le cercle des élus par la recommandation d'un doyen de grade élevé. Le novice identifié était suivi, jaugé et mis à l'épreuve sans qu'il ne soit au courant de rien. Si après une longue observation il était jugé apte, on l'invitait à l'une des réunions ouvertes organisées occasionnellement. C'était déjà un très grand honneur de se retrouver parmi les nobles de la ville. Ensuite, mine de rien, des petites tâches lui étaient confiées selon ses talents.

En outre, le code prévoyait que si le successeur était célibataire et n'avait pas dépassé la cinquantaine, il épouserait l'une des filles du cercle des élus. Depuis longtemps, le Vénérable, jugeant Sylvana digne et pleine de vertus exceptionnelles, l'avait inscrite sur la liste restreinte, par pouvoir discrétionnaire. Beaucoup de jalousies se développaient parmi les autres candidates quand à l'éventualité d'avoir cette simple domestique comme rivale. La tante était la première à étaler son malfaisant ombrage en cherchant par tous les moyens à mettre sa nièce en dehors de tout cela, sachant qu'elle valait beaucoup plus qu'elle, ayant été élevée et instruite par son défunt père, que tout le monde avait considéré comme devant être le successeur du Vénérable.

Agée de dix-neuf ans, Sylvana paraissait bien plus que son âge. Un regard calme et timide lui conférait un certain mystère. Plus éveillée que sa tante en pratique religieuse et connaissant les rites les plus compliqués de toutes les liturgies, elle était sollicitée en maintes occasions pour conduire les réunions convoquées par les dames de la Confrérie. Par son charisme elle ajoutait aux cérémonies des valeurs encore plus brillantes que celles de l'ordinaire.

VÉNÉRABLE SE FAISAIT DE PLUS EN PLUS VIEUX ET FATIGUÉ. VOYANT QUE LE fils du forgeron avait de l'esprit, il l'envoyait chercher fréquemment pour lui parler. Très humblement, Léopold venait s'enrichir des instructions du Grand Précepteur, sans affectation, dans le respect le plus complet et en dehors de toute concurrence déloyale.

La considération du Maître à son égard le rendait encore plus attentif. Effacé et plein de bon sens, il développait le véritable côté de son être en cultivant discrètement les qualités que devait posséder un élu qui ferait de surprenantes et héroïques réalisations dans son pays.

Tante Claire n'était pas dupe. Malgré tout le respect qu'elle avait pour Léopold, elle osait suspecter le Vénérable de concevoir des plans pour faire de lui un candidat incontournable. Elle gardait jalousement le secret de l'audacieux projet. A chaque réunion du samedi, le Vénérable avait coutume de lancer des compliments à peine voilés à l'endroit de Léopold. L'émotion provoquée par cette complicité faisait tressaillir Claire, d'autant que le mage en sublimait le sens et savait que sa prédilection se concrétiserait un jour.

Avec le temps, tante Claire rêva, se voyant dans une robe blanche, couverte du voile de mariée, s'unissant au successeur du Vénérable dans l'exaltation des chants d'office et des cantiques sacrés. Elle se surprenait parfois à murmurer en y pensant : « Qui ? Moi ? Claire ? L'épouse de l'Honoré de la ville sacrée ? » Au fil du temps, ce bonheur espéré paraissait proche et inéluctable, elle se voyait bientôt entrer officiellement dans le cercle des femmes ennoblies. « Qui ? Est-ce bien moi ? »... Son fantastique rêve s'interrompait. Les animosités affluaient. « La Sylvana des tâches ingrates, Sylvana la bonne à tout faire de tout le monde, sur qui j'ai moi-même emprise, ne peut être une rivale de poids », pensait-elle. « Maintenant, c'en est trop. C'en est bien assez ce supplice », soupirait-elle en se reposant dans le jardin. « L'heure de renaître approche-t-elle ? Vais-je être enfin soulagée de mes doutes ? »

Son voyage dans l'illusoire continuait : « Que serai-je quand le Vénérable ne sera plus là ? Cette main agile qui pétrira la pâte pour le pain béni des élus ? Cette fée miracle qui arrivera en tapinois au dernier moment pour sauver une recette compromise ? Celle qui la parole de délivrance pour la renaissance du pays enrayé soufflera à l'oreille du Maître se débattant pour le riche royaume à naître, auquel la fille des preux donnera des enfants de lumière et des gardiens vigilants qui banniront à jamais la cupidité de traîtres guerriers ?

Comme tout se fera avec la bénédiction des élus, la pénitence doit être consommée. La terre des preux pourra se venger après la longue patience de son dur apprentissage. »

Elle était dans ses pensées quand elle entendit un grand fracas de pas venant de la rue. Même bien protégé dans sa retraite, le Vénérable n'était pas épargné des provocations de vilains badauds qui, troublés par son absolu pouvoir sur la ville, cherchaient à percer son mystère.

Un soir, un voyageur bizarrement accoutré vint frapper à la

porte. Sa chemise à dessins géométrique brodés de fils blancs et ors avait attiré l'attention des badauds, qui l'avaient suivi depuis son entrée dans la ville. Il avançait tête baissée, courbé sous le poids d'une *makout,* rasant les murs. Et les gamins amusés marchaient derrière lui en criant: «Merlet! Maître minuit!» Ils se regardaient les un les autres à la vue du phénomène. «Regardez comme il est beau», criaient certains. «Voyez comme il est laid, criaient d'autres. C'est Lucifer venu déloger l'intouchable Vénérable.»

Tandis que leur fureur culmine, l'idiot de la ville arriva. Il pourchassa les polissons, qui de droite, qui de gauche, comme des petits lutins. Ce ménage accompli, le curieux visiteur pénétra dans la maison sans frapper. Vénérable était avec le petit garçon de cour trapu, qui se cantonnait sans complexe dans la servilité. Il le congédia quand il vit l'intrus précédé d'un doyen et d'un serviteur les bras chargés de présents.

Tante Claire anticipa Sylvana pour recueillir les offrandes. Sylvana prit dans le tas un hibiscus comme celui qu'elle avait coutume de mettre en relief dans les ikebana qu'elle confectionnait patiemment pour orner le sanctuaire du Maître. A cet instant, la pièce fut inondée d'un mystérieux panaché de parfums de jasmin, d'orchidées et de roses sauvages.

SEUL AVEC VÉNÉRABLE, L'ÉTRANGE VISITEUR PARLA À VOIX BASSE: «SYLVANA, la petite souillon, est la choisie, parce que de lignée royale très lointaine. Ses nuits sont d'impitoyables épreuves. Elle est forte. Les dieux sont avec elle. Elle doit peut-être se rappeler qu'un jour, tandis qu'elle émondait les grands massifs, une des jarres épandant des tresses d'ivresse avait roucoulé à son étonnement: «Tu seras notre reine. C'est écrit! N'abuse pas du succulent nectar sorti de la canne. C'est là le drame d'une civilisation en déroute. Eviter de manifester du dédain envers les autres quelle que soit leur identité. Les rites ont leurs lois. Pratique la tolérance envers tous. Que s'accomplisse toute action sans confusion, ni méprise. Des secousses telluriques importantes n'ont pas englouti la terre sacrée. L'avalanche ne l'a pas emportée. L'effroyable brasier arrive pour anéantir à jamais le mal venu d'ailleurs. La cupidité est le grand fléau qui fit défaillir rois et roitelets. Pour la moindre satisfaction il y a un prix de grande désillusion à payer. Il faut vaincre cette douleur par le sacrifice et l'amour en allant toujours vers une plus grande jouissance. Pense à ce qu'il y a de plus attachant dans l'existence.

—Ainsi soit-il, soupire Vénérable. Qu'il en soit toujours ainsi. »

Ces confidences transmises, le visiteur prit congé.

APRÈS LE DÉPART DU MYSTÉRIEUX VISITEUR, LES MEMBRES DE LA CONFRÉRIE arrivèrent accompagnés d'élus de tous grades. Dans le jardin envahi de très nombreuses merveilles, ils discutaient par petit groupe. Les sages profitaient de l'occasion pour bénir les serviteurs dévoués et souligner la foi de Sylvana, fleur parmi les fleurs qui avaient fait du jardin vénéré un lieu de résurrection.

La tante, toujours emplie d'envie, s'était parée d'une robe étincelante aux tulles retroussées jusqu'aux épaules dans la perspective d'un rôle futur. Elle critiquait sans ménagement les moindres actions de sa nièce. « Hein ! Hein ! disait nerveusement l'intrigante. S'affiche, mais ne trônera pas ! Le Vénérable grâce à son don de télépathie sait de quoi j'en suis capable.

—Cui, cui cui, répétaient les oiseaux taquins. La vraie reine est Sylvana.

—Sylvana ne sera pas reine, fit-elle en se retirant. Elle est trop jeune.

Indignée, elle alla près de la baraque aux souvenirs, refusant de partager avec les autres la douce rosée qui s'épandait dans la nuit. Ses froissements de malédiction continuèrent à se propager dans la nuit pendant qu'une discrète silhouette circulait parmi les postulantes. Elle était simplement vêtue, comme à l'ordinaire, d'une simple robe bleu qui cambrait sa taille. Elle avait ramassé ses lourds cheveux en un chignon que dissimulait un madras créole.

Il faisait doux dans le jardin. La lueur de la lune se prolongeait dans la pagode en faisant pénétrer relents de jasmins et d'hibiscus sur le point d'éclore. On entendait l'écho sifflant de la mer, venu s'accorder au rythme des grands arbres. Le jardin d'abondance s'émaillait du bonheur de petits groupes festifs, pour la nuit de la célébration des élus. A distance, on percevait le froufrou lent de Vénérable arrivant dans un boubou couleur tabac orné de broderies, suivi de Donatien, l'exécuteur des ordonnances marchant en retrait. La nuit était fraîche et propice à la cérémonie qui allait se dérouler.

Vénérable pénétra dans la pagode inondée d'une douce lumière cristalline. Les hauts dignitaires filtraient l'entrée des membres qui se dirigeaient révérencieusement vers leurs places respectives.

L'ordinaire du lavement des mains terminé, l'assistance fut conviée à s'asseoir. Vénérable resta figé dans une attitude contemplative, comme à l'écoute d'une musique céleste. L'édilité, dans la nef, tous ses représentants de blanc vêtus, observait ses moindres mouvements afin de pouvoir répercuter des ordres qui ne se transmettaient que par des signes hermétiques, précis et déterminés.

« Que les voiles tombent. Le cercle est bouclé ! confirma le maître de cérémonie après avoir fait résonner le pavé des trois coups de son bâton de maréchal. Quand la lumière s'amplifia, Vénérable parla... Sa voix oscillait entre le naturel et le sublime. Enfin, dans un triomphe angélique presque comique, il avança sur un ton plutôt rassurant : « Les souillées sont punies et lavées. Méfiez-vous des créoles qui n'ont pas connu la dure traversée. Méfiez-vous des traîtres à l'égrégore. Méfiez-vous de ceux qui se disent sang-mêlé en reniant leur part de sang Congo. » L'assistance recueillie, écoutait attentivement les paroles du Vénérable. « Que le souverain bénisse les aspirants et ne les fassent pas subir l'infernale épreuve réservée aux téméraires.

—Qu'il en soit ainsi. Que le souverain fasse voir, dit le Grand Doyen.

—Ainsi soit-il, bourdonne l'assistance.

—Cela est fait. »

Le Vénérable, imposant de toute sa stature, pendant quelques secondes n'émit aucun son. Puis : « *Ayibobo*! cria-t-il, indiquant d'un signe éloquent le coin des justes dans lequel se distinguait Léopold. » Les acolytes agitant les encensoirs allèrent le chercher pour l'amener à l'autel des consécrations. Le Vénérable lui tendit la main en un mouvement initiatique. Léopold ému s'agenouilla, baissa la tête pour recevoir la bénédiction. La voix gutturale de Vénérable gronda dans la nuit : « Courage Léopold ! Courage et Détermination ! Les dieux attendent beaucoup de toi ! En un cillement, ce fut l'apothéose. Un léger mouvement agita le feuillage jusqu'ici endormi. « En devenant vénérable, on perd son nom original. Tu es l'élu désigné. Tu seras le Vénérable. »

Les ombres s'embrassèrent en effusion contenue dans la nuit. La race s'était faite chair. Un frisson de grande émotion traversa l'assistance... Claire tressaillit. Elle était torturée d'intenses saisissements ; doute, frustration et espoir malmenaient son rêve. Elle s'offusqua. Ses traits se durcirent. Son cœur battait la chamade en pensant que Léopold avait toujours apprécié ses qualités de gouvernante. Le désarroi était grand parmi les élus tandis que le suspense s'intensifiait. Le futur successeur avait l'âge de prendre une compagne parmi les postulantes.

LES FILLES DE LA CITÉ SONT TOUTES SUPERBES ET INTELLIGENTES. Le maître de cérémonie passa la boîte des votes parmi les doyens, qui y déposèrent le nom de celle qui assisterait Léopold dans sa mission. Au décompte, Sylvana obtint l'unanimité, et fut acclamée. Tandis qu'elle était conviée à bénir les gardiennes de foyers et protectrices des fleurs, on entendit dans le jardin des pas et les murmures concertés de secrets gardés. Instant sublime. Superbe, Sylvana, la fleur la plus rare du jardin alla prendre place à côté du disciple attitré.

«*Ayibobo! Ayibobo!* articula posément le Vénérable. Grand Maître de l'univers, ta miséricorde s'est manifestée. Les extrêmes se touchent pour une parfaite cohésion. Toute force de combat doit briller du noir pur éclatant de l'onyx. Que le diadème de vérité brille sur les fronts de ceux qui luttent.» Troublée par ces paroles de sagesse, Sylvana s'empressa de baiser l'anneau d'or du Vénérable, qui ne s'étonna pas de ce geste, mais la releva en disant: «Pas encore. Il reste la maturité de l'attente. Que le rite se déroule selon les normes. Garnir le jardin des élus se fait avec le temps et vaut bien plus que des bénédictions. Relève-toi.» Les prunelles de Sylvana l'interrogeaient: «Est-il certain que je mérite d'être l'épouse du prochain Vénérable? Est-il vrai?

—Certain, fit le Vénérable. Je t'ai accompagnée jusqu'à la dernière minute, et le plus sincèrement dans l'accomplissement de ma mission. Tu es la muse qui inspirera l'époux dans son devoir.

—Qu'il soit ainsi à chaque fois que les exigences du devoir à honorer. La résistance est le vrai orgueil du peuple perpétrant sa pathétique grandeur malgré le silence du sang séché. La mémoire des racines demeure vibrante en souhaits de bonheur.»

Quelques douces larmes perlèrent sur le visage de Sylvana. La flamme était transmise. Les regards analysaient l'assistance. Les lèvres étaient soudées. «Vers la victoire Sylvana. Vers la victoire! Toute une génération se convertit aujourd'hui. De nouvelles armes affrontent la nuit pour faire le jour sur notre destinée.»

Eprouvée à l'extrême, elle se rassit, confiante, en pensant aux bouquets qu'elle façonnait avec patience dans le jardin vénéré pour que la vie commence. Le futur époux lui baisa les yeux.

«Des ailes pour les sommets, dit le Vénérable!

— Des ailes, fit le grand élu, circonspect.

— Des ailes ? »

Et ce fut le silence le plus complet pendant une bonne minute. Les roseaux dans le jardin se balançaient dans la fureur d'un vent soudain. Le parfum des hibiscus inondait la pureté de la nuit. Le chant des flots arrivant de très loin en émotions harassantes percutait le silence des doyens.

La cérémonie était terminée. Le Vénérable conclut : « Tu es reine, désormais, Sylvana ! »

17

Fanfan

Fanfan allait de la cuisine aux latrines, sa mère l'accompagnait en lui tenant la main. Fanfan se juchait sur la haute chaise dans le salon, pendant que sa mère cousait son pantalon. La mère allait voir de temps à autre si le marchand était passé, Fanfan la suivait. On frappait à la porte. La mère disait : « Qui c'est ? » Fanfan faisait de même. Il descendait toujours de la haute chaise et accompagnait sa mère pour aller voir ce qui se passait quand un étranger frappait à la porte.

Fanfan, fatigué de bouger, sommeillait sur la chaise les pieds pendus dans le vide. La mère le transporta dans sa chambre, l'étendit sur son lit en osier. Elle profita de ce répit pour préparer le repas. Quand Fanfan sorti de sa vacance onirique, il alla sur la chaise qu'il doit grimper, ramenant son pied droit plus court que l'autre sous ses fesses.

« Le dîner est servi ! » clama la mère. Fanfan alla se coiffer et changer de chemise. Puis revint illico presto. « Va laver tes mains ! » Fanfan y alla par petits bons comme un lapin blessé à la patte. « Tu dois manger moins, dit la mère, pour empêcher ton ventre de continuer à gonfler.

— Ah ah ah ah, crie Fanfan. J'ai mal au ventre quand je ne mange pas à ma faim. Ah ! ah ah ah. Je laisse passer des gaz quand mon ventre n'est pas bien rempli. »

Sitôt finit d'engloutir son plat, Fanfan alla faire ses acrobaties pour s'installer sur la haute chaise. Les pieds pendus dans le vide, il s'assoupit…

Fanfan n'était plus là, il s'était engagé dans une sieste prolongée.

Dehors, les oiseaux visiteurs se faufilent entre l'épais feuillage. Réveillé par leur vacarme assourdissant, Fanfan était en contemplation devant le spectacle des multicolores et beaux oiseaux de passage. Perdu dans son observation, il n'entendit pas sa mère l'appeler pour le souper. Comme il n'arrivait pas, la mère demande ce qu'il se passait à ce fils toujours si prêt à venir honorer la table.

Cette fois-là, il mangea lentement, prenait le temps de mastiquer. Les autres parlaient. Il ne dit pas un seul mot. Il pensait aux oiseaux qui, malgré l'abondance de nourriture à leur disposition, ne se goinfraient pas. Quand il eut fini, il n'alla pas s'asseoir, mais préféra aider sa mère à faire la vaisselle.

« Va t'asseoir maintenant Fanfan, tu dois être fatigué. Va reposer tes pieds sur la chaise.

— Non mère, je ne le suis pas. Au contraire, je me sens tout émoustillé. Je vais balayer le salon et épousseter les meubles. »

La mère alla s'asseoir dans un fauteuil. Surprise, elle regardait Fanfan en chantonnant une suave mélodie. Après avoir écouté la romance répétée à plusieurs reprises, Fanfan chantait à l'unisson avec sa mère. La mère était contente, Fanfan était aux anges, et les oiseaux piaillaient dans le feuillage alors que leurs accords résonnaient dans la maison et se répercutaient dans tout le voisinage. Des voix se mélangeaient au chant harmonieux des oiseaux.

Il commençait à faire nuit, un rayon de lune était posé sur les bords de la fenêtre. Fanfan se leva pour aller le toucher, l'inviter à entrer. « Je vais chercher la boîte à bijoux pour le garder jusqu'à demain matin pour l'offrir à la source qui le transformera en soleil d'or. » Il parlait encore de son projet sans s'apercevoir que le rayon de lune s'était estompé.

Le soir triomphait, la lune était bien haute. Les oiseaux étaient partis.

Entendant quelque chose à la porte, comme un bruit de bec picorant, ils allèrent voir. Un des oiseaux qui célébrait dans le feuillage était resté et n'avait pas voulu partir au loin avec les autres. La chanson de la mère l'avait apprivoisé.

Dés lors, Fanfan ne laissa plus pendouiller ses pieds infirmes depuis la haute chaise. Il courait sans clopiner derrière l'oiseau qui voletait partout.

18

La déchéance de Duchella Deslauriers

« ELLE EST REVENUE... DUCHELLA LA SUPERBE EST REVENUE. » UN CRI, propulsé sur toutes les lèvres, confirmait la grande surprise.

« On se doutait un peu que c'était elle, dit une ancienne servante, mais moi je l'ai reconnue au timbre rauque de sa voix qui n'a que peu varié, et aussi à cette cicatrice noire au cou, qui contraste avec sa peau cuivrée. Ça a été une grande dame, sans nulle équivoque. Il n'y en avait pas de plus hautaine qu'elle dans la ville. On la saluait bien bas. Son seul nom de famille la faisait bénéficier de tous les privilèges qu'accordait le haut clergé aux membres restreints de sa fidèle corporation.

—Je le jure par les sept cornes impériales du bélier : il n'y avait pas plus noble que Duchella Deslauriers, la grande dame de la ville, ajouta une autre... Il n'existait pas plus aisé qu'elle. Ses prérogatives étaient telles qu'elle avait son banc rembourré réservé au premier rang dans la cathédrale, et elle était accueillie à l'évêché à n'importe quel moment. Chez elle, on mange la viande tous les jours —sauf le vendredi, réservé aux fruits de mer —et de la poule au pot le dimanche. »

Depuis la mort de son mari, décédé d'un arrêt du cœur, elle n'organisait plus les grandes festivités réunissant l'élite, qui venait savourer les mets les plus délicieux préparés par des cordons bleus venus exprès de la capitale. Ses serviteurs se plaignaient de sa grande obsession à maintenir sa luxueuse maison dans un état parfait d'ordre et de propreté. Elle se promenait constamment un plumeau à la main, pour chasser le moindre grain de poussière sur les meubles. Veuve, elle parlait de son défunt mari comme s'il existait encore. Elle s'adressait à lui pour chasser sa solitude, qu'aucune distraction n'avait su combler. Elle s'occupait comme elle pouvait pour exorciser la cupidité de ses belles-sœurs, qui parlaient toujours de l'héritage laissé par leur frère.

Duchella vivait seule dans cette grande maison. Sa fille était partie vivre sa vie à sa façon dans la grande capitale. Elle était frivole, disait-on. Peu importait qu'on lui cassât du sucre sur le dos, Duchella recevait une ou deux fois par semaine un jeune étalon. L'évêque faisait semblant de ne rien comprendre, car les dons de la bienfaitrice étaient substantiels et nécessaires à l'entretien de l'église.

Le malheur frappa à sa porte le jour où celui qu'on disait son amant de poche essaya de la cambrioler. Cachée derrière la grande armoire, un pistolet à la main, elle observa la silhouette vidant les tiroirs contenant bijoux et argent. La main sur la gâchette de son arme, elle attendit jusqu'au moment où le cambrioleur ouvrit l'armoire qui contenait des liasses de billets. Elle tira juste. Le voleur s'écroula, rendit l'âme sur le coup.

Jugée et condamnée pour homicide volontaire, elle fut enfermée dans une prison de la capitale. Quand elle fut libérée, elle ne retourna pas tout de suite dans sa ville, par crainte de la méchanceté des bigotes. Elle commença à dépérir, se déforma, ses yeux noisette perdirent leur éclat. Devenue l'ombre d'elle-même, dégoûtée, elle s'abandonna dans l'alcool pour oublier sa flamboyante existence de jadis. Au marché, quand on lui reprochait de trop insister pour faire baisser les prix, elle criait qu'elle avait été une grande dame. Les marchandes, la prenant pour une folle, riaient, se moquaient d'elle. Elle leur racontait des choses que personne ne voulait croire.

C'est ainsi, la vie. Un jour on est quelqu'un, le lendemain on n'est plus rien. Les gens s'intéressent peu aux balivernes quand on ne possède rien. On osa même la surnommer « la sorcière » à cause de ses accoutrements excentriques. Parfois, Duchella la déchue aurait souhaité posséder des pouvoirs supérieurs pour les faire taire. Pouvoir de vie et de mort, afin de couper court aux moqueries. Elle avait tellement prié les saints qu'elle ne croyait plus en rien, ni même à cette déchéance qui la minait irrévocablement. Elle vivait dans l'indifférence la plus totale, acceptant sans maudire.

Un matin, si triste que le soleil n'arrivait pas à chasser les brumes, sur le perron de l'église, un corps enveloppé de vieilles fripes fut découvert gisant face contre terre. Quand on retourna le cadavre, c'était celui de Duchella Deslauriers.

⚜⚜⚜

19

Les malheurs de la corne à cabri

La guerre avait éclaté en Europe. Les industries s'étaient lancés à corps perdu dans la fabrication d'armes pour la guerre et avaient négligé les produits de première nécessité, dont la rareté touchait désormais tous les pays.

Isolée du monde, privée des arrivages, Haïti, tout en réagissant sereinement, découvrit la détestable facette d'une sournoise dépendance. Profitant de la stagnation des mouvements portuaires, d'avides commerçants se lancèrent dans un marché noir sans précédent, qui contraignit le gouvernement à des mesures d'exception. Piqués au vif, patriotes et talents cachés déployèrent des trésors d'ingéniosité pour parer au plus pressé. C'est ainsi que l'on vit surgir d'incontestables génies qui surprirent par de brillantes innovations.

En peu de temps, les provinces devinrent des foyers de production, récupérant, recyclant et transformant pour combler le manque d'articles importés de l'étranger. Poussée par la nécessité, la débrouillardise fit éclore de petites entreprises familiales de transformation. Ce qui jadis était considéré comme inutilisable trouva sa place dans une économie de survivance. Dans les petites fabriques improvisées, on nettoyait, broyait, décortiquait. Chacun trouvant son compte, les échanges s'opéraient dans une parfaite harmonie. Les campagnes déjà verdoyantes connurent un regain, avec une demande croissante. Les terres en friches furent transformées en champs cultivés afin d'assurer une autosuffisance alimentaire.

Une circulation intense de la ville à la campagne, de la campagne à la ville, rythmait la vie économique. Les champs s'étaient mis à produire de tout pour équilibrer la prospérité nationale qui avait été frappée de plein fouet par le déséquilibre de sa balance commerciale. Des variétés nouvelles de lin, de coton émergèrent des terres les plus rebelles. Des étendues de nouvelles cultures envahirent les terres d'une verdoyante chevelure. Les fleurs se parèrent de teintes rares, dans une gamme bariolée d'ocres, de bruns, de rouges ou de roses, éclosant dans les champs sous un généreux soleil avant d'être transformées en produits cosmétiques et médicaux.

Par ces temps de privation internationale, un étrange phénomène étonna. La province se met à prospérer au-delà de toute espérance, tandis que la capitale se vidait graduellement. Les produits sophistiqués n'arrivant plus dans les ports, les provinciaux apprirent à se contenter de produits locaux à partir des moyens du bord. Nécessité oblige, l'imagination opère des miracles. On devient inventif de par la force des choses.

CET ÉLAN SE BRISA QUAND ARRIVA UN JOUR DES ETATS-UNIS UNE ÉQUIPE d'experts en agronomie caribéenne, ayant à sa tête un Blanc tacheté de rouille portant une moustache à la Barberousse. La mission, qui était chargée de proposer au gouvernement un plan de développement économique, alla droit au but. C'était simple, rapide et sans discussion. Une chance pour le développement agricole d'Haïti. Il fallait détruire des plantations de bananiers, de caféiers, de coton, pour les remplacer par la pite, et l'hévéa que la malice populaire baptisa plus tard corne à cabri en raison de la forme de ses fruits.

« C'est une chance unique d'industrialiser Haïti, faisaient comprendre les représentants de la mission avec force emphase… avec un déblocage rapide de millions à l'appui.

— Encore une façon de refuser la propriété économique aux paysans, véritables descendants des esclaves, pensaient les agronomes haïtiens hostiles au projet.

— Mon œil ! commenta le vieux Cintus, en apprenant la nouvelle. J'ai vu plus de choses détruites par les Américains qu'ils n'en ont construites. C'est encore un coup fourré. Dans quel but produire ces denrées destructives ? Pour la guerre ? Pour quelle malhonnêteté ? Quel crime éhonté ? »

En effet, quelle audace. Venir par ces temps de grandes privations demander à un peuple de remplacer la culture vivrière qui lui assurait son autosuffisance alimentaire par des cultures de relais, nocives pour les terres.

Le messager, bavard comme une pie, avait son idée fixe. Il ne s'écartait pas d'un iota de son objectif, car sa mission devait être accomplie coûte que coûte. Il venait, disait-on, de Little Rock. Personne ne savait exactement où se trouvait cet endroit, dont il prononçait le nom avec tellement de rapidité que cela finissait par donner « Lilroc », qu'on créolisait en *Liròk*. On savait, bien sûr, qu'il faudrait traverser l'océan pour retrouver cet intermédiaire particulièrement intéressé en cas de réclamation.

Le gouvernement accepta sa proposition. On regretterait longtemps cette irresponsabilité. La SHADA bénéficia d'une concession de 11 279,07 carreaux de terre pour la culture de l'hévéa et du sisal, alors nécessaires pour les besoins de la guerre. En peu de temps, 40 000 paysans et leurs familles furent expulsés arbitrairement de leurs terres, avec un préavis de quarante-huit heures pour les plus chanceux. Quand les premiers bulldozers pénétrèrent dans les terres, des cris de douleur jaillissaient des poitrines des paysans dépossédés. La destruction de leurs maisons et de leurs plantations de café, cacao, noix de cajou, avocats et arbre à pain se fit sauvagement. Des cultivateurs en larmes, qui avaient bêché durement, avec des instruments aratoires rudimentaires, voyaient leurs bananeraies prêtes pour la vendange rasées sans ménagement. Les manguiers et leurs grappes de fruits, les bouquets de cotonniers étaient balayés avec rage pour faire place à des plantes destructrices. Les cultivateurs n'eurent même pas la chance de récupérer les arbres abattus comme bois à brûler ou pour faire du charbon. Les entrepreneurs américains mirent le feu avec un système rapide afin de tout réduire rapidement en cendres et de gagner du temps. Les intellectuels, les politiciens, ordinairement si bavards n'en dirent pas un mot. Ils laissèrent faire.

La SHADA entreprit donc de cultiver le sisal et le *cryptostegia*. Les îlots rasés, labourés, recevaient déjà les plants de sisal et de corne à cabri. Les cultivateurs réengagés pour la production connurent un rythme de travail harassant pour un salaire dérisoire, effectuant leur corvée sous une surveillance militaire qui permettait à la SHADA l'exploitation à outrance des travailleurs. Le labeur commençait dès quatre heures du matin, heure convenable pour ces Ricains qui ne supportaient le brûlant soleil des tropiques que sur les plages. On s'arrêtait à midi avec le cri strident d'une sirène. Le casse-croûte était vite avalé auprès des marchandes installées sur les digues de terre. Les hommes buvaient le *mabi* ou une tisane faite de racines de chiendent trempées dans du tafia pour se donner du courage. Les aventureux mercenaires s'en méfiaient d'autant plus qu'un travailleur avait fait son compte à un *blanmannan* qui lui avait parlé un peu trop fort alors qu'il avait ingurgité force *mabi*...

LE TEMPS PASSA. LA VILLE, LA CAMPAGNE PERDIRENT LEUR ENTRAIN DE jadis. Le va-et-vient qui soudait les communautés avait disparu. Les familles virent fondre comme beurre au soleil leurs petites entreprises, la production agricole étant à la merci d'une concurrence déloyale. Les femmes vaillantes qui avaient contribué à la prospérité de leur région étaient pliées en deux, meurtries jusqu'aux entrailles.

Au bout d'un an, la société fit faillite. Aucun caoutchouc n'avait été exporté d'Haïti. Après l'effondrement de la SHADA, plusieurs endroits du pays jadis verdoyants et prospères devinrent de vastes savanes arides. Ce diable de *Lilròk*, on s'en souviendrait encore longtemps, avec amertume — du moins les patriotes de la Plantation Dauphin, qui virent toute la zone désertifiée par le sisal, une plante vorace en eau. De belles propriétés de la région de l'Artibonite furent transformées en terres en friche. Pendant quelque temps, on railla beaucoup ce moustachu, qui s'était bien moqué de nous.

La corne à cabri n'a jamais rien rapporté au pays, sinon la destruction des terres fertiles. Cinq tonnes de caoutchouc seulement furent recueillies dans tout ce jeu de dupes.

⚜ ⚜ ⚜

20

Le convoyeur

DANS LE PAYS, LES GENS ONT TENDANCE À METTRE UN « TI » DEVANT LE prénom des personnes qu'ils affectionnent ou avec lesquelles ils souhaitent consolider une familiarité acquise. Ainsi, s'est développée une kyrielle de Ti que les jaloux s'empressent de dénaturer en criant : « *Tout ti se mètdam* ».

Tidòf, de son vrai nom Rodolphe, vivait en parfaite harmonie avec sa femme et un fils adoptif. Avec l'affection dont on l'entourait, l'enfant, très éveillé, vivait sans complexe avec ses parents qu'il appelait maman et papa comme s'il était sorti de leurs entrailles. Tout ce qu'il savait, c'est qu'il n'était pas sorti d'une coquille. Enfant unique dans le foyer il faisait la joie du couple qui le lui rendait bien. En dehors de ce cocon familial, Tidòf connut pendant une longue période la grande solitude de l'homme sans emploi.

Le père, appelons-le ainsi pour ne pas ternir l'harmonie qui réchauffe le trio familial était camionneur et convoyait des marchandises pour le plus grand entrepreneur de la région. Son fils qui devait avoir dans les 8 ans à ce moment-là, lui demanda un jour pourquoi lui seul avait accès à la dépense qu'il avait aménagée comme un bunker entre la cuisine et l'arrière-cour. Sa curiosité était surtout piquée par les caisses qui y étaient entassées, dont le contenu s'évaporait discrètement sans jamais s'épuiser. Le père se mit à rire avant d'entamer son récit.

«Vois-tu mon fils, comme le patron ne me paie pas convenablement pour que je puisse faire vivre ma famille, je me permets des acrobaties pour ne pas crever de faim tout en travaillant sans relâche. Des ponctions opérées sur des caisses jugées superflues…j'en fais profiter des amis, qui gardent le silence sur cette intelligente générosité. Tu es la première personne à me poser pareille question concernant ces caisses qui se renouvellent régulièrement. Maintenant, tu sais. Tais-toi là-dessus! Je prends ce que je mérite sans léser le patron, qui ne s'en aperçoit même pas. Si je lui demandais un jour une augmentation, il me remplacerait sur le coup par quelqu'un d'autre. Je resterai toute ma vie un homme honnête à moins que tu ne révèles la vérité. Je fournis des marchandises et je reçois ce que je n'ai pas en échange. Tout le monde est satisfait. C'est pourquoi nous ne manquons jamais de rien dans cette maison. «Je donne du grain à Maryse pour nourrir ses poulets et elle me donne des œufs frais en retour. Le boucher aime le fromage étranger, je lui en fournis de bonne qualité contre la viande qui nous est servie tous les jours. Je ne vole pas, je partage et j'échange. Tu ne sais pas comment est payé ton école… Le directeur adore les cigares cubains. Tu comprends… A Marx, le fils du juge, marié à une oisive, je fournis des livres de café, de la farine et du sucre. Cela lui suffit. Avec lui, malheur à qui oserait intenter un procès contre moi. Quant à Sylvia, la part qu'elle reçoit, c'est de la gratitude en réserve. Le patron a trop de choses importantes à régler pour se plier à comptabiliser la ration que je délivre à son directeur des stocks. Absolue confiance….

La première fois que j'ai été présenté à lui, j'avais la gorge tellement nouée que je n'arrivais pas à articuler quand il m'a demandé: "Que faites-vous? Je cherche un transporteur universel."

J'ai répondu, mais il ne m'a pas entendu, car je n'avais pas assez élevé la voix. "Comment?", c'est tout ce qu'il me dit, croyant que je n'étais pas intéressé. J'ai répété, et alors il m'a dit:

"Vous avez un camion?

—Oui, monsieur.

—C'est donc le ciel qui vous envoie!"

C'est ainsi que moi Rodolphe, dit Tidòf, j'ai été embauché après deux ans de chômage.

« Le gérant des stocks, après m'avoir fait déplacé tout une pile de boîtes, était allé expliquer à son patron que j'avais l'air solide et qu'il espérait seulement que je serais régulier. Il voulait dire par là qu'il voulait que j'aie un contrat permanent. "Faites-lui savoir qu'il n'y a pas d'heure de travail avec nous. Il doit travailler tant qu'il y aura à faire. Il faut que la baraque tourne", avait répondu le patron.

Sans perdre de temps, j'ai été conduit dans le bureau du personnel pour remplir la feuille d'emploi. Avec un contrat en bonne et due forme, je m'apprêtais à rentrer à la maison pour annoncer la bonne nouvelle à ta maman, quand j'ai entendu :

"Commencez tout de suite, mon brave. Vos heures ont déjà commencé à être comptées.

—Euh ! ... Il faut que j'avertisse mon épouse.

—Tout de suite, je dis. Je vous donne six manœuvres pour embarquer les caisses qui sont du côté droit du mur. Destination Cap-Haïtien."

Je me suis placé à l'arrière du camion pour compter les boîtes qu'on embarquait fébrilement. J'ai mis un numéro sur chaque caisse, pour m'y référer en cas de situation litigieuse. Il faisait chaud. Je dégoulinais. J'ai enlevé la cravate qui serrait le col de ma chemise. Le camion étant bien rempli, je m'apprêtais à démarrer quand une jeune dame m'apporta deux sandwiches et un grand verre de jus de grenadine au lait. J'aurais préféré de l'eau glacée en raison de la suffocante chaleur, mais je ne voulais pas paraître exigeant. Puis on m'a donné un paquet. « Pour faire la route, dit la gentille personne. »

J'ai recouvert le camion, ajusté la bâche. C'était mon premier convoi. J'étais sur la route. Le soleil éclairait la cime des nems en bordure des terres. Ses reflets dorés estompaient le désordre des feuilles tourmentées par une mauvaise saison.

« Le directeur de l'entreprise était un homme blond, à la peau maltraitée par le soleil des tropiques. Il portait des lunettes à montures en or et un gilet qui laissait rebondir une prometteuse bedaine. Son nœud papillon plus grand que nature lui donnait un air atrabilaire. C'était un bourreau de travail, et c'est à peine s'il lui restait du temps pour dépenser son argent. Quant à moi, ayant la détermination de récupérer pour les années de chômage, j'ai battu des records vertigineux qui m'ont propulsé en peu de temps à la tête de l'équipe des convoyeurs.

Les manœuvres se montraient prodigues en compliments à mon égard et s'offraient pour m'accompagner, pensant que c'était plus sécurisant pour moi sur les grands parcours hasardeux. Je refusai, puisqu'il était stipulé dans les règlements que les débardeurs n'étaient rétribués que pour les tâches exécutées à l'intérieur de la compagnie. Le service comptable tenait rigoureusement compte de cet article.

Chaque transport renforçait mon expérience. Pour récompenser mon efficacité et mon dévouement, le directeur m'a confié des responsabilités et l'autorisation de partager les surplus de stock résultant des distributions aux villes éloignées. Je suis devenu très populaire. Je n'étais plus l'homme seul de mes années de chômage. » … Ainsi se conclut le récit du père à son fils.

Les affaires étant sur des voies prometteuses, il arrive à Tidòf de caresser l'idée de travailler à son compte. Quand viendra ce jour de gloire, il acquerra des terres qu'il fera prospérer, et il s'achètera des pur-sang, et des vaches qui beugleront dans de verts pâturages.

21

Le prix d’une imprudence

De ce temps là, arriva dans la Cité, un marchand libanais nommé Zouin, venant de Beyrouth pour des transactions de tissus et de prêt-à-porter. Un de ses parents déjà installé lui avait parlé du profit qu'on en tirait des avantages fiscaux concédés par le gouvernement aux commerçants étrangers. Il lui conseilla toutefois de ne jamais faire cavalier seul, et surtout de ne jamais s'aventurer hors des périmètres de protection sans l'avis des vétérans.

Les marchés régionaux étant des occasions de grands échanges, quiconque possédait boutique en ville s'y rendait chaque semaine écouler très facilement leurs stocks à prix avantageux. Des caravanes entières partaient de bons matins pour arriver à l'Estère avec les premiers rayons du soleil. Chevaux, ânes, mulets, cabriolets, boggies se répandaient sur les routes venant des campagnes isolées créant ainsi une sorte de foire ambulante. A Périsse, Zouin se vit accoster par deux voyageurs sortant d'un taillis qu'il prit pour des marchands allant dans la même direction. Ils parlaient, discutaient affaires en toute confiance. Ces coquins jugeant instantanément par les dires de l'Arabe qu'il portait de l'argent, formèrent le projet de le détrousser quand ils seront dans un endroit désert, avant d'atteindre les premiers attroupements de marchands étalant le long du chemin leurs marchandises. Pour bien l'amadouer, ils parlent de probité de solidarité qui doit exister entre gens de même commerce avec une politesse telle qui mettait en confiance le sieur Zouin qui, charmé de leur conversation, se réjouissait de rencontrer des gens si aimables, surtout qu'il ne connaissait encore personne qui puisse l'assister en cas de malheur. Il se livrait, pour ainsi parler, ne se doutant pas qu'il était accosté de deux redoutables brigands. Parlant de choses et d'autres, ils tombèrent sur la religion, parlèrent de Dieu et de sa grande miséricorde.

L'un des brigands dit :

— Et vous mon bon monsieur, comment vous adressez-vous à Dieu pour faire de bonnes ventes les jours où les acheteurs sont revêches et peu enclin à payer le prix ?

— A dire vrai, cher compagnon, je ne fais pas de prière spéciale pour des choses si terre à terre. Je pense beaucoup plus à mon âme. Je suis entre les mains du Tout-puissant qui m'a toujours assuré de sa protection dans les pires dangers. Mais, par contre si j'omettais de faire ma prière habituelle avant de sortir je ne me sentirais pas en sécurité sur les routes. C'est la foi, voyez-vous. Je suis indubitablement croyant.

— Donc vous n'avez pas de prière spéciale pour rompre le coup à quiconque tenterait de vous attaquer, demande celui qui était armé d'un fort gourdin à bout fourchu qui lui servait de bâton de voyageur…

— Je n'en ai pas. Je ne crois pas avoir besoin d'une oraison pour chaque occasion. C'est ma première journée sur la route, je me fie à Dieu.

— Eh bien, moi, dit l'autre, je ne récite pas de prière et je ne m'en porte pas mal. Jamais je n'ai été en mauvaise posture. Je préfère me fier aux vertus protectrices de ma grand-mère.

— Sans doute, répondit Zouin, qui avançait de pas vifs pour ne pas perdre les premières ventes qui dit-on sont les meilleures.

Les deux autres marchaient en retrait ayant en tête leur macabre projet. Il faut encore parcourir une dizaine de kilomètres et traverser l'incontournable cours d'eau qui avait été en crue après la forte averse. La chaleur était très forte, ils firent halte pour se rafraîchir, s'écartèrent dans un endroit où ne vient personne.

Aussitôt que le brave commerçant avait ôté ses habits, il fut attaqué par les deux brigands qui le dépouillèrent.

Etant dans le plus simple appareil, privé de sa marchandise, il appela un secours qui ne viendra jamais. Ce coin portant encore l'empreinte des batailles livrées contre les colons - et qui servait de repère aux marrons qui dressaient des embuscades, n'a jamais inspiré confiance.

Zouin prit le chemin du retour en se protégeant d'un accoutrement improvisé.

Comme le désespoir ne résout jamais rien, il guetta ça et là du secours, s'enfonçant dans des terres boisées jusqu'à qu'il trouva un ajoupa isolé.

La maison paraissait déserte. Il cria d'une voix forte.

Une dame se montra. Elle remarqua tout de suite ce qui venait d'arriver au malheureux pèlerin, le fit entrer sans hésitation.

Elle le combla de civilités et le servit un repas qu'il dévora de fort bon appétit.

Zouin s'estimant heureux qu'il soit en vie, déborda de sentiments de reconnaissance.

La dame profondément touchée expliqua à l'imprudent commerçant que les gens qui sont sur les routes vont en groupe. et ne s'aventurent jamais seuls.

Pendant quelques instants, le silence se fit. La dame pensait à une solution pour permettre à Zouin de reprendre la route dans des habits convenables, alors que lui, il hésitait à demander cette délicate faveur.

Enfin, elle appela ses deux fils qui étaient dans une maisonnette pas trop loin.

En peu de temps, ils arrivèrent dans l'embrasure de la porte.

Zouin sidéré, reconnut ses deux assaillants.

—Voilà, vous devez agir vite, dit la dame aux garçons très embarrassés. Ce monsieur a été dépouillé. Il a besoin d'habit pour reprendre la route.

—Il aura des habits. Ses propres habits firent les deux funestes comparses à l'unisson.

—Comment? Vous avez encore fait des bêtises?....

Le jour déclinait. Zouin s'engagea sur la route du retour avec ses marchandises intactes protégé de ses deux compagnons.

⚜ ⚜ ⚜

22

Tisadam

On lui aurait pardonné d'être crâneur comme beaucoup de jeunes de son âge, mais il exagérait en parlant de lui à la troisième personne. Malgré cela il se permettait de plaisanter comme un virtuose de foire sur les frasques privées des autorités en place, alors qu'il ne savait pas un iota de ses nébuleuses origines. Excellent pasticheur des grands comiques américains, il s'assurait une clientèle attentive à ses imitations, prête à lui pardonner ses exactions. Petit voyou au teint clair, il lustrait ses cheveux avec une pommade de sa composition dont il gardait jalousement le secret.

Ce jeune homme éblouissait en s'inventant des exploits. Pour consolider son autorité sur les copains d'un petit gang de durs, que les services secrets, malgré leurs fins limiers, n'arrivaient pas à coincer, il s'était fait sacrer général à titre honorifique. On lui donnait les sobriquets les plus farfelus. Mais intelligent comme il l'était, il finit par choisir celui qui lui plaisait le plus et qui incarnait le mieux le personnage qu'il voulait se créer. Comme il adorait ce chef irakien qui défiait les plus coriaces de ses ennemis, il se fit appeler « TiSadam ».

Pour le désespoir de tous, TiSadam essayait par ses actions de rentrer dans la peau de ce personnage qu'il admirait. A l'évidence, il aurait mieux fait de rester dans son rôle de clown, de continuer à imiter les comiques américains, plutôt que de se lancer dans l'illégalité. Il serait devenu un comédien émérite, faisant des tours divers, surtout qu'il avait le rythme dans le sang… Il dansait le cha-cha-cha, la guaracha, et d'autres danses en vogue à la perfection. Mais voilà qu'il se mettait à singer des actions terroristes. Cette périlleuse orientation ne pouvait que lui être fatale, surtout qu'il voulait avant tout amuser la galerie.

Choisissant la méthode la plus terrifiante, qui excluait la distraction et le comique, il se fit passer une nuit pour un de ces redoutables miliciens afin de terroriser les paisibles citoyens, qu'il arrachait de leur sommeil en leur infligeant toutes sortes de supplices. Ses tentatives suivantes lui donnèrent le goût de perfectionner ses scènes de terreur. Un de ses tours favoris consistait à passer les menottes aux victimes et à jouer avec elles à la roulette russe. Il portait comme de bien entendu les uniformes de son rôle et agissait avec une dextérité à ne pas s'y méprendre.

Dénoncé par le gang, qui le trouvait trop indépendant à son goût, il fut pris une nuit en flagrant délit et appréhendé par la police. Toujours détendu, il répondit aux questions sans se démonter, en passant avec grâce la main dans ses cheveux collés au crâne, en se balançant pour amuser. Quand on lui demanda de décliner ses nom et prénom, il donna un faux, bien sûr. Quant à la profession il n'eut pas de mal à dire qu'il était comédien et professeur de danse. Après avoir vérifié son casier judiciaire, qui stipulait qu'il appartenait à ce gang très recherché, le commandant demanda à ce qu'il soit classé comme très dangereux. Cette annonce ne l'effraya pas, mais provoqua un rire nocif qui fit enrager tout le monde.

« Quand allez-vous arrêter de nous les casser ? s'énerva le commandant. On vous laisse partir cette fois, mais gare à vous si on vous reprend à jouer votre numéro de terroriste. »

Il sortit en remerciant, tout en exécutant un pas de cha-cha-cha.

Deux semaines plus tard, il fut surpris en plein spectacle dans une famille par un gang jusqu'alors inconnu, dont les membres portaient des cagoules. TiSadam, sûr de lui, se mit à faire quelques pas de danses pour narguer le gang rival. L'un d'eux sortit un revolver et visa droit au cœur le cynique comédien. Il s'écroula, dans un dernier pas de guaracha.

23

Maître Karias

Maître Karias était un grand maigre plein d'idéal. Ses rêves immenses se perdaient dans la vision d'un pays triomphant après ses rudes luttes et ses privations. Voyant tout d'un œil critique, il avait des principes qui mitraillaient les politiciens véreux abasourdis par une perverse acculturation. A force de penser à sa patrie, son cerveau tournait sans fin tel un derviche. On croyait maître Karias en train de rêver, alors que son regard, perdu dans le lointain, appréhendait l'étendue à parcourir avant de s'élancer vers de nobles conquêtes.

Il avait décidé de ne pas bousculer les mentalités tant qu'il n'avait pas l'assurance de jalons bien plantés. Il ne voulait pas non plus, par une opiniâtreté mal contrôlée, se mettre à dos de puissants maîtres du jeu politique. Son expérience devait être celle d'un maître confirmé pour l'édification de glorieux destins. Ayant appris à déceler sans difficulté les feintes des agents de destruction, des prophètes de malheur versés dans l'art des discours eschatologiques, jamais il ne côtoierait le monde interlope des trafiquant des Caraïbes, qui drainaient les ressources naturelles vers de grandes capitales voraces. Il était prêt au sacrifice pour le triomphe de la vérité… Prêt à détruire le mythe de l'incapacité des peuples au passé de colonisés à se libérer économiquement. Il acceptait de se marginaliser au prix de sa vie, en démasquant le jeu de la bêtise qui dénaturait l'être. L'homme créé à l'image de Dieu devait pouvoir comprendre sans les marchands du sacré les multiples facettes de sa merveilleuse histoire.

On savait cette terre truffée de trésors géologiques, de silences voulus de cataclysmes inconcevables, au-dessus des lacs d'abyssales profondeurs. Sans qu'il fût un mystique, le cerveau de Maître était devenu depuis longtemps un foyer pour des communions privilégiées à haute densité transcendantale. Il avait appris à contenir cette étreinte indicible qui saisit l'âme et tout l'être pour la transmission d'une incommensurable sagesse.

Sa valise bourrée de registres et d'épais carnets de notes, tout le matériel du parfait inquisiteur, Maître Karias, dont le seul nom faisait frémir les tricheurs, commençait sa journée. Dès son entrée en ville, son nom se répercutait de proche en proche : « Karias est dans nos murs… Karias est arrivé… Karias est là ! » Hommes d'affaires, négociants et petits commerçants jetaient un dernier coup d'œil sur leurs registres, vérifiaient une énième fois les totaux.

Ce jour-là, sa première inspection commençait par la grande maison d'import-export Brunswick et Compagnie. Depuis quatre heures, il était enfermé dans le bâtiment tout en longueur près du wharf, dans le bureau du grand négociant, passant au peigne fin recettes, dépenses et agios. Il n'acceptait d'être dérangé sous aucun prétexte. Le mouvement du port avait été intense. Les chiffres avaient quadruplé. C'était bon signe pour l'économie nationale. Il glissa les dossiers l'un sur l'autre, se ravisa et se pencha sur un dossier plus particulièrement chargé de corrections. Il s'arrêta un moment, prit tout son temps pour réexaminer ces chiffres qui facilitaient la fuite des capitaux privant ainsi le pays de toutes possibilités d'expansion économique.

La journée avait été rude, mais satisfaisante. Certains dossiers méritaient une attention particulière. Quand il quitta le bâtiment, le Nordé voyageait entre l'allégro et le fortissimo.

Le Maître, allongé, le col défait, les doigts entrelacés sur un lourd registre ouvert sur son ventre, s'était assoupi en révisant les comptes. Un grand coup qui fit claquer la fenêtre le réveilla. Il était six heures trente. Ce repos lui avait fait gagner des forces. Il tourna le bouton de la radio. C'était l'heure de la Cour des comptes sur ce poste diffusant des informations chaque heure à la demie. Il pivota sur le divan pour diriger son attention vers le haut-parleur, prêta méticuleusement l'oreille aux données statistiques, avec une attention toute professionnelle. Son visage resta de glace.

Toutes les données annoncées ne correspondaient en rien à ce qu'il avait enregistré dans ses tournées de recouvrement dans les provinces. Les plus gros bonnets étaient carrément au-dessous de la moyenne des entrées. « Quelle escroquerie organisée », s'écria-t-il, dépité. Il fallait avoir un quotient intellectuel proche du zéro absolu pour ne pas comprendre ce qui se passait... « Il y en a trop qui se sucrent sans vergogne, trop de complicités et trop peu d'honnêtes hommes qui veulent réellement que tout se passe dans la droiture. » Ses lèvres restèrent longtemps sur une grimace dégoûtée. Il se surprit à jurer. « Le pays va devenir un cadavre... *Fout-de-fout-de-fout*... Un cadavre, si personne ne réagit ! » Un cadavre, pour sûr, sur lequel continueraient de s'acharner toutes les bonnes et mauvaises intentions, les pompiers pyromanes, les humanistes intéressés, et les esprits revanchards qui avaient mal digéré la victoire de ce pays sur les forces esclavagistes. Le pays deviendrait un ring de catcheurs où s'affronteraient des morts en sursis.

KARIAS ARRÊTA LA JEEP À LA CROISÉE DES CHEMINS : PORT-AU-PRINCE... Marchand-Dessalines... Desdunes. Il hésita longtemps, décida de rester en voiture à contempler le paysage. La brise faisait frissonner les arbres. Un *zagoudi*, rapide comme l'éclair, traversa le chemin, alla s'installer sur un rocher, fixa Karias pendant quelques instants, puis, d'un bond rapide se perdit dans les hautes herbes. Un margouillat avalait tranquillement un anolis vert. La gorge de Karias se noua à la vue du spectacle. Etrange destin. Des sorts analogues se retrouvaient chaque jour dans le monde des humains : le plus gros avalait le plus petit sans état d'âme. Pourquoi les envahisseurs blancs étaient-ils venus de si loin imposer leurs volontés aux Nègres en créant des situations inextricables ?

La jeep démarra. Maître Karias écrasa son pied sur l'accélérateur. Il avait rendez-vous avec le diable : un homme redouté parce qu'il tirait les ficelles de la haute finance, déplaçant des pions sur un pathétique échiquier, incontournable dans les fructueuses relations commerciales germano-haïtiennes. Karias pensa à sa propre patrie, où les consciences étaient en ébullition. Un vent de révolte soufflait depuis que des consignes s'étaient propagées de village en village, de plaine en plaine, jusqu'aux lointaines montagnes. Le sifflement des machettes dans les cannaies présageait la tempête. La chair noire se souvenait. Dans l'état actuel des choses, Karias ne craignait pas d'affronter le redoutable industriel. Les gouvernements se succédaient, mais Karias n'avait jamais bougé de son poste de contrôleur financier.

Enfin résolu, il piqua vers le sud en s'engageant sur la Nationale 1. La tête fourmillant de pensées, il fila tout droit, traversa Saint-Marc sans s'arrêter. A Montrouis, il prit une route de terre pour éviter les barrages, mais voilà qu'un peu plus loin il tomba sur un ténébreux contrôle où quatre militaires lui firent subir un interrogatoire musclé. Il craignait le pire. Une poursuite ou un hold-up étaient toujours possibles sur ses chemins peu fréquentés. Pour se remettre de ses émotions, il s'arrêta dans un petit restaurant à Damien, fit bonne chère. A douze heures trente précises, il entrait dans la capitale, qu'il traversa dans une circulation dense jusqu'au Portail Léogane. A Carrefour-Feuilles, il s'arrêta chez une tante par alliance pour s'informer de la sécurité. Pour le moins méfiant, il respectait scrupuleusement les consignes que lui avait données le discret négociant.

Le voyage s'avérait épuisant, les routes étant ce qu'elles étaient - tout le monde s'en plaignait, même ceux qui avaient à charge de les entretenir.

Dans ce pays, les problèmes étaient comme des flèches dans la chair. On ne pouvait les extraire sans souffrance, ni sans pousser de cris.

A six kilomètres de Carrefour-Feuilles, Karias bifurqua sur la gauche pour pénétrer à petite vitesse dans une propriété entourée de hautes murailles grises. Un homme l'observait par une étroite ouverture. Une fois la Jeep immobilisée près d'un vaste hangar, Karias cria : « Il n'y a personne ? » Aucune réponse. Un homme observait, tapi dans un coin, les moindres réactions de celui que, pourtant, il attendait.

Karias continua à avancer vers l'entrée. A peine avait-il franchi le seuil qu'il se sentit happer par une main. Un mouvement rapide le cloua au sol, face contre terre. Il se mit à crier : « C'est moi ! Moi, Maître Karias ! Je suis attendu par Herr Wolften. » Karias était furieux. Le gorille relâcha sa proie, s'excusa d'avoir été si brutal. Et les deux hommes se mirent à se congratuler mutuellement. L'un pour sa vigilance, l'autre pour son audace…

« Allons Maître ! Suivez-moi ! dit le vigile en tapotant l'épaule de Karias. Vous vouliez vous suicider en agissant de la sorte. On ne pénètre pas ici comme vous l'avez fait. Ça pourrait mal tourner. »

Ils contournèrent le hangar, marchèrent longtemps avant d'arriver à une maison fortifiée de murs épais : celle de Wolften, un descendant germanique qui avait gagné le pays au moment de la défaite nazie, tandis que de nombreux dignitaires du régime avaient fui en Amérique latine et aux Caraïbes. Sous des dehors anodins, Wolften dirigeait un vaste réseau. Son statut d'agent commercial lui donnait une couverture idéale pour d'autres activités plus importantes. Il se présentait tantôt en esthète, entouré de nombreux artistes qui appréciaient sa notoriété de mécène, tantôt en spéculateur en denrées.

Quand ils entrèrent dans le vestibule, l'homme achevait une conversation avec un Américain : « Note l'adresse, commanda le touriste pour conclure son entrevue.

—Non mon gars, répondit le maître des lieux. Tout est dans la tête. Rien par écrit.» Cette réaction de professionnel expérimenté rassura l'Américain.

Maître Karias attendit longtemps dans le vaste salon au dallage de granit. Le propriétaire se payait le luxe inquiétant, dans ce pays où la température ne descendait jamais au-dessous de dix-huit degrés, d'avoir installé une cheminée où crépitaient, certains soirs, des bûches de gaïac. Elle servait en fait à réduire en cendres des documents compromettants. Wolften avait par ailleurs dans sa chambre une installation hétéroclite composée de radios amateurs et de téléphones sophistiqués permettant une écoute parfaite des événements mondiaux et ces communications discrètes sous couvert d'aide humanitaire ou de réponse aux appels de détresse d'un quelconque pays. Il possédait six passeports différents, vrais et faux, des lettres d'accréditations qui lui permettent de jouir d'importantes immunités et des cartes de presse imprimées en différentes langues. Pendant ses conversations au salon, une grande bobine tournait dans une chambre secrète, enregistrant les moindres détails.

....

—Alors, dit-il sans se gêner, vous avez conseillé au gouvernement de partir à la chasse des redevances fiscales des négociants... Vous savez que ça va être mauvais pour l'économie du pays.

—Bien sûr, répondit Karias. J'ai même trouvé un moyen efficace d'éviter que le pays ne soit pas constamment à la merci d'aides extérieures. On va être vraiment indépendants, si mes propositions sont acceptées et appliquées.

L'Allemand écoutait sans interrompre l'innocent économe. Bien que c'était lui qui avait invité le contrôleur général, il ne parlait que peu. Il écoutait, recevant le plus d'informations possible pour ensuite alerter son réseau. Maître Karias, qui n'était pas né de la dernière pluie, comprenait le stratagème, parlait en un jargon qui lui donnait par moments l'air idiot. Il savait ce qu'il disait et ce qu'il faisait, se hasardant parfois à poser de pertinentes questions. Le passé de l'étranger lui sautait au visage. De son côté, Wolften avait des battements de cœur tandis qu'il cherchait des moyens habiles pour coincer Maître Karias et le corrompre, lui qui sans jamais fréquenter les cercles, connaissait pourtant tous les gens prêts à se laisser compromettre. Mais ce sacré bonhomme qui n'avait ni vice ni défaut semblait ne pas se formaliser.

« C'est un cinglé, pensait l'Allemand, un dangereux tocard. Quel est donc cet individu qui n'a aucun vice ? »

Si Wolften avait fait venir Maître Karias sans passer par les intermédiaires habituels, c'est parce qu'il était informé de sa grande résistance. Le capitaine Anselme, chargé de recueillir les fonds et les acheminer au gouverneur de la banque, l'avait prévenu qu'il devrait faire attention en essayant d'amener cet homme coriace à des intentions moins drastiques en matière de récupération des finances. Le grand manipulateur n'étant pas homme à s'embarrasser de subtilités dialectiques, ses questions avaient été nettes et agressives. Mais la rencontre n'avait été fructueuse ni pour l'un ni pour l'autre. Le cauchemar du suprême mécène s'emballait. Qu'adviendrait-il si son discret pouvoir sur l'économie de ce pays lui échappait ? Les consciences de l'arrière-pays s'étaient réveillées, et les intermédiaires de la classe moyenne, démasqués, ne jouaient plus le jeu. La bourgeoisie était divisée, enfoncée dans ses peurs. Il ne restait plus que le capitaine pour vaincre Karias.

MAÎTRE KARIAS REPRIT LA ROUTE. DIRECTION GONAÏVES, AVEC UN ARRÊT aux bureaux des contributions de la capitale et de Saint-Marc. Il s'acheta des provisions alimentaires puis rentra chez lui. Là, il vida ses poches. Il avait très peu de pièces, juste de la petite monnaie. Il déposa sur la table quelques traites, les billets à ordre, son trousseau de clefs, puis sortit de son sac de cuir vieilli une liasse de grosses coupures. Il fit le tour de la maison pour s'assurer qu'il n'était pas épié et qu'aucun intrus ne viendrait dans la minute. Il ferma la porte à double tour et mit le tout en lieu sûr. Tandis qu'il débarrassait la table, il lorgnait le divan, sur lequel il ronflait cinq minutes plus tard.

Sitôt réveillé, il ouvrit *Le Quotidien.* Les quatre pages ne parlaient que de grève et de quelques faits-divers. Les syndicats avaient sonné la charge d'une lourde cavalerie. Cette fois, ça y était. Ce mouvement surprenant faisait frémir les tenants de la finance, composés d'une poignée de familles gloutonnes. Le gouvernement ne s'en inquiétait pas outre mesure… « Ça marche, se dit Karias ricanant. Ça marche ! »

LA VILLE ÉTOUFFAIT SOUS UNE CHAPE DE GROS NUAGES LOURDS. Des élèves s'attardaient sur la place. Que se passait-il ? Toutes les écoles étaient fermées à l'annonce d'une grève générale pour protester contre les inégalités sociales. Rue Louverture, les portes d'une maison en bois à la façade délabrée grinçaient sur les charnières rouillées. Une dame à la fenêtre s'activait pour ramener les volets qui battaient. Elle écoutait la radio qui beuglait à longueur de journée. La rue était son spectacle. Elle observait tout, des parcours hésitants aux rendez-vous discrets, qu'elle devinait selon les attifements. La rue se déployait en miroir de ses fantasmes. Voilà que passait un homme inconnu du quartier. Il portait un treillis délavé. La dame eut des yeux exorbités quand elle le vit tâter sa poche pour en sortir un colt qu'il renifla en regardant vers les maisons. « Hum ! ça sent le roussi, se dit-elle en fermant les volets. Il va y avoir du grabuge. »

La rue Louverture, d'ordinaire calme, semblait se réveiller avec un air inhabituel, insolite. Elle avait été cette nuit-là le théâtre de scènes inaccoutumées. L'officier de police venu inspecter le quartier voisin était tombé sous les balles de tueurs inconnus. Dans cette rue où tout le monde se connaissait, la thèse d'étrangers venus d'ailleurs n'était pas écartée. On monta vite un système d'enquête scientifique. Qui étaient ces derniers venus, arrivés de Miami ? Existait-il un trafic quelconque entre les gens du quartier et les potentats à la solde des entreprises commerciales ? Quels étaient les derniers visages aperçus dans les rues ? La police procéda à une vague d'arrestations.

Karias voulait être dans la foule à défendre ses convictions, et à lutter contre les causes des inégalités sociales installées au fil des règnes.

Après avoir pris un bon bain, il enfila un pantalon *habaco* et un maillot, gagna les rues, plongea dans l'affluence en effervescence de la rue principale. Les intellectuels se fondaient dans la masse en prodiguant des conseils. Farouche manipulateur de masse, Jegonier était sur un caisson servant de podium. Ses yeux pâles et cernés traduisaient une profonde inquiétude en s'adressant aux jeunes qui l'écoutaient. Dans ce bain de peuple en lutte, Karias avait dans sa poche un plan de la ville. Les moindres ruelles et corridors y étaient répertoriés. Son esprit fonctionnait à toute vitesse. Coups d'œil rapide aux alentours. Pas de poursuivants. Il s'engagea davantage dans les rues, farouchement décidé. Devant le palais de justice fermé, il croisa une femme, la quarantaine passée, qui lui fit des compliments. C'était une amie qui connaissait ses principes. Karias poursuivit son chemin. L'ambiance de révolte était garantie. Personne ne se doutait d'où venait l'idée de cette grève. La masse suivait. Karias, satisfait du climat d'insurrection, se disait que le grand banditisme à cols blancs devait être contrecarré par une coalition. « A bas la misère ! s'exclama maître Karias. » S'ils évoquaient les grands libérateurs, mais tout cela, c'était du passé. Les choses avaient évolué. Il fallait agir en fonction des circonstances présentes. Pas question de blanchir les assassins en évoquant des non-lieux.

Heureusement, la récente visite de Karias à Carrefour-Feuilles n'était connue de personne. Le mécène, « l'apôtre au bon cœur » qui venait de le recevoir en consultation discrète était plongé jusqu'au cou dans des trafics d'armes : Wolften faisait circuler clandestinement des armes provenant des rebus des armées française et américaine – des mitraillettes Thompson, des pistolets d'Espagne, les Astra, et des armes tchèques et soviétiques. Il avait aussi des contacts turcs, mais les laissait aux pays africains. Son trafic fonctionnait à plein par la filière maritime, bien contrôlée. Rouen et Le Havre étaient plombés par de gros magnats ayant des accointances en haut lieu, dans les gouvernements de l'Axe Sud. Wolften était partenaire d'un casino européen, plaque tournante de blanchiment d'argent. Une bande de tueurs s'était infiltrée dans le pays. Sous des couvertures diverses, ils formaient des commandos de choc au service d'on ne savait quelle cause.

La situation au centre-ville étant sous contrôle, Karias se dirige vers la Saline. Après dix minutes de marche, il sauta par-dessus une palissade, pénétra dans une cour au sol aride où une masse d'hommes en guenille l'attendait. Un ban l'accueillit: « Camarades et frères: vivre libres ou mourir!

—Vivre libres ou mourir! répétèrent en choeur des voix mâles et décidées. »

La journée se termina sans incident. Radio Indépendance clôtura son programme avec la liste des personnes décorées à des titres honorifiques divers. Wolften était cité dans la catégorie des personnes honorées par le gouvernement pour service rendu à l'humanité.

Une lumière filtrait à travers les persiennes en bois, Maître Karias se réveilla les paupières alourdies, se grattant la tête, abasourdi par les restes d'un cauchemar. Il courut vers le miroir. « Que se passe-t-il? Je ne me rappelle de rien. » Il distinguait avec peine les objets, dont les contours s'estompaient dans un univers absurde de théâtre aux frontières de l'irréel. Des gouttelettes de sueurs perlaient sur son front. Les événements s'entrechoquaient pour s'agglutiner en une troublante hallucination: des squelettes se courbaient et se redressaient pour réclamer ce qui leur revenait de droit. Une étape était franchie. Il pénétrait dans un univers interdit, assailli par la vision d'une multitude de dictatures aux faux progrès dépossédant les consciences.

Les raisons du piétinement d'un pays qui avait pourtant bien commencé son histoire s'éclaircissaient. Les causes et les sources de la vengeance du peuple étaient identifiables. On ne pouvait pas pardonner si facilement ceux qui s'étaient montrés cyniques envers nous. Toutes les fibres de Karias vibraient de cette constatation. Il venait de passer par une terrible et salutaire initiation. Un homme nouveau était né pour la poursuite d'un sain combat. Il avait accepté les épreuves, morsures ardentes de soleil de minuit, éclats aveuglants du puissant rayonnement d'un nouvel astre.

Le Maître rentra en titubant dans sa chambre après un lassant travail sur des dossiers compliqués. Il se dirigea vers son fauteuil, s'abandonna, laissant le souvenir des jours précédents lui revenir. Tout cela s'était passé vite. Il avait été assommé par derrière. Des flots de pensées rapides arrivaient par rafales. Il avait dormi toute la fin de la matinée. Il serait encore plongé dans ces hallucinations si un rayon de lumière ne l'avait sorti de sa vision. Comme il avait mal dormi l'autre nuit, il pensait rattraper son sommeil. Ah! Cet affrontement de la veille avec les paramilitaires… La mémoire lui revenait.

Il retourna à ses registres, et fit à nouveau l'inventaire de sa tournée pour s'assurer que personne n'avait été oublié. La radio continuait à commenter les récents événements. Le Maître écoutait les infernales nouvelles, que la radio semblait compiler à dessein pour montrer les manifestations apocalyptiques de l'homme insensé ne sachant plus ce qu'il fait.

Le speaker continue sur sa lancée et passe aux nouvelles de l'étranger:

.. «*Assassinats en série en Italie: on accuse les politiciens d'être au service de la mafia…*

…. *Les combats entre deux factions de moudjahidin rivales, hier à Kaboul, auraient cessé après l'intervention des miliciens ouzbeks qui ont pris position dans les rues de la capitale. Un attentat contre le ministre de la Justice serait à l'origine des affrontements. Bilan vingt morts et quatre-vingt-trois blessés.*

... Violences policières à Pékin. Plusieurs journalistes occidentaux ont été roués de coups sur la place Tian An Men...

... Un fort mouvement de racisme secoue la France. Un arabe a été jeté à la Seine après avoir été battu à mort... Des vols de Charter continuent à refouler des Africains en situation irrégulière...

Démoralisé par ces informations peu réjouissantes, Maître Karias tourna le bouton du poste et se dirigea vers la fenêtre. Il regarda la pente caillouteuse qui descendait jusqu'à la première maison. Des étendues de touffes d'herbes folles et d'arbustes nains avaient remplacé le paysage jadis verdoyant. Un paysan descendait la pente avec une lourde charge, le visage fortement halé. L'homme marchait décidé, la tête dans ses rêves, les mains serrées sur les courroies de son pesant sac. « Va-t-il brader le contenu pour peu d'argent ? » se demanda Maître Karias. Ses méninges se mirent à travailler à toute vapeur, comme une planète tournant de plus en plus vite. Il réalisa que l'argent n'avait de valeur que celle qu'on lui donnait. Le grand piège des maîtres de la confusion consistait à tout rattacher à l'illusion de l'argent-roi pour exploiter tout un système de dépendances.

Un bruit soudain. C'était le capitaine lui-même, en uniforme de service, la main sur son arme, venu récupérer la recette que Maître Karias avait ramenée de sa grande tournée. Seul avec ce grand type en kaki, il s'exécuta sans hésitation. Le salon se transforma en un lieu sinistre où l'on n'entendait que froissements de billets et tintements de pièces. On compta et recompta. On apposa sur chaque rapport en triple exemplaire des signatures de décharge. Puis on s'arrêta un moment pour reposer les doigts fatigués par la manipulation des billets et des pièces. Le capitaine dégagea sa cravate, s'épongea le front. Maître Karias lui offrit un verre. Le « Jamais pendant le service » sortit des lèvres du capitaine comme une formule bien apprise. Cependant, il finit vite le service pour accepter un verre, qui fut suivi de plusieurs autres qui firent paniquer l'expert comptable, quand le capitaine, par une déformation toute professionnelle, sortit son arme pour lui demander s'il n'y avait pas d'autres recettes.

« Tout est là. Les registres peuvent vous le confirmer », répondit Karias. Visiblement éméché, le capitaine montait le ton en jouant avec son arme. Bien qu'habitué à ce genre de démonstrations cyniques, et bien qu'il ne s'alarmât pas, une prudence bien compréhensible lui soufflait toutefois qu'il ne faut jamais se fier à qui détient un certain pouvoir lié à la force brute.

La contenance du contrôleur officiel désarçonna quelque peu l'arrogance affichée du capitaine. Obnubilé par les pouvoirs que lui conférait l'uniforme, il écoutait les comptes-rendus d'une oreille distraite, préférant évoquer le bandit qui avait fait irruption dans la banque de crédit et prit deux personnes en otage. « C'est de cela qu'il devait s'agir dans les nouvelles de ce matin », fit Karias sans se montrer affecté.

L'homme en kaki alluma une cigarette, et en offrit une à Karias, qui refusa gentiment. Il avait néanmoins réagi en grimaçant, ne s'étant jamais fait à ce phénomène que beaucoup avait fini par intégrer simplement pour paraître. D'un geste brusque, le capitaine saisit un dossier. Il l'ouvrit avec lenteur, ménageant ses effets… « Entre vous et moi, laissez-moi vous dire que vous avez un petit effort supplémentaire à fournir. Vous comprenez. C'est pour le bien de tout le monde », dit-il.

Maître Karias suivait sans rien dire.

L'autre reprit : « Il y a une ligne budgétaire qui, par son importance et sa subtilité… Vous comprenez… Qui ne doit pas figurer dans le registre officiel… Vous comprenez… Faites en sorte qu'elle disparaisse, mon cher comptable. Entre nous, c'est de l'argent qui est arrivé par des voies… disons… disons… Comment vous dire ? Ecoutez, vous comprenez, enfin. Vous serez largement récompensé pour votre intelligente compréhension. »

Karias sans se fâcher poussa un « non » énergique qui déstabilisa le capitaine.

« Vous osez refuser », reprit-il, furieux comme un congre. « Vous allez le payer cher. »

Il avait changé de ton devant l'attitude de l'incorruptible comptable. Il semblait posséder les habitudes des fêtards lubriques d'un certain continent. Il but à petites gorgées le liquide national dont il s'était lui-même servi un verre, avant de prendre congé brutalement.

Maître Karias réalisa sur le coup que d'autres pourraient venir le faire chanter. Il mit en sûreté ses dossiers, aéra la pièce afin de dissiper la fumée de cigarettes ainsi que le cauchemar qu'il venait de vivre. Imperméable au chantage, il minimisait l'incident, affirmant ainsi que son idéal était inattaquable.

La subite réaction du capitaine avait commencé au moment où le contrôleur avait refusé les cigarettes américaines qu'il lui avait offertes. Entre quatre yeux, face à face, on ne pouvait avoir de doute sur les intentions de l'autre. Le Maître n'était pas homme à se laisser corrompre. Il n'avait pas hérité de ces vices étalés dans les annales des exécrables de tout poil. Libéré enfin de cette embarrassante situation qui avait duré trois heures d'horloge, le Maître alla vers le réfrigérateur, en sortit un cola qu'il but tranquillement. Pour autant qu'il se souvenait, le capitaine avait été un modèle de vertu au lycée de la ville... Qu'est-ce qui l'avait transformé à ce point ?

... La politique, le pouvoir, la couardise ?

⚜ ⚜ ⚜

24

La revanche de Nastasia

NASTASIA, VOUS NE LA CONNAISSEZ PAS. EH BIEN TENEZ-VOUS BIEN, JE vous présente, dans toute sa splendeur, la fille la plus battante de la cité, qui en raison de sa carrure et d'une démarche tout à fait militaire, se fit appeler l'amazone.

Depuis l'enfance, ses parents ont dû tenir ferme la bride, tant ses débordements dépassaient les bornes. Une fois devenue adulte, sa hardiesse s'accentua par la transformation de ses pulsions en obsession morbide. Quand elle enrage, c'est une diablesse qui fait trembler à la ronde. Décidément, Nastasia n'est pas commode. Elle veut faire marcher tout le monde à la baguette. Partout où elle passe, on lui fait de la place. Dans une foule qui attend, vous la voyez jouer des coudes calmement pour se retrouver en tête. Au marché, c'est son prix qui compte. Aucune marchande ne souhaite l'avoir devant son étal, car le ton monte si vite qu'il faut l'intervention de la police des marchés pour l'amener à une relative raison. Mais elle persiste et tient tête avec une telle envergure qu'elle finit par amadouer l'autorité.

Depuis qu'elle a été chassée du restaurant de Raymond à cause de son caractère insupportable, elle passe son temps à ennuyer les gens, tout en se promettant de prendre sa revanche sur ce maudit marchand de soupe qui l'avait humiliée sous les rires des autres employés à qui elle imposait ses quatre volontés.

Une intéressante partie de foot est engagée entre les gamins du quartier... Soudain, on entend crier: « Barrez vous les gars, Nastasia arrive. » En moins de temps qu'il ne faut pour le dire, la rue est déserte.

Mais malgré ce côté désagréable de son caractère, Nastasia est une cuisinière remarquable qui espère un jour tenir boutique pour tirer profit de cet art que tout le monde reconnaît. Seulement, trouver un espace tout aménagé coûte cher. Alors comment y parvenir? La voilà partie en guerre pour arriver à ses fins. Elle s'engage dans une action de sabotage. Elle procède avec méthode, ne trouvant rien à son goût chez les fournisseurs de la place. A la boulangerie, le pain est mal cuit. Le boucher est accusé de lui fournir de la viande avariée. Bien que bâti comme un bulldozer, le malheureux se tient sur ses gardes dès que cette enragée franchit l'entrée de son petit commerce. Cette redoutable créature, vulgaire, effrontée, possédant un agressif et avilissant langage, est aussi pleine d'intentions malveillantes pour alerter tout le quartier sous des plus fallacieux prétextes. Elle attend qu'une foule soit assez importante pour se mettre à traiter tout le monde, sans exception, de dadais, de godiches. Dès qu'elle commence ainsi, attendez-vous à du grabuge. D'où lui vient cette voix éraillée qui hurle à tue-tête: « La viande est avariée ... La viande est pourrie. On veut empoisonner la ville. Peuple, défendez-vous. Faites gaffe » ? L'amazone n'y va pas par quatre chemins.

Avec son physique sans rondeur, jamais elle n'essaie de séduire, et jamais non plus un homme n'a essayé de la charmer. Comme elle est cassante et qu'elle cherche toujours la bagarre, le mieux est de s'écarter dès qu'on la voit arriver à grands pas à l'horizon, pour ne pas avoir à l'affronter. Cependant, sa grande qualité d'excellente cuisinière lui permet parfois de voir excuser ses pires comportements. On se pourlèche déjà les babines lorsque l'on sent le fumet qui s'échappe des mets qu'elle prépare. Mais c'est inutile, elle ne partage pas. Elle vit seule et s'accommode de cette existence.

Depuis qu'elle en a été renvoyée, elle massacre de propos assommants l'unique restaurant de la ville. Le menu est trop conventionnel, trop ceci, trop cela. Basses flagorneries, grossières intimidations, rien ne l'arrête. Il faut le saboter. Dans l'esprit de sa campagne de dénigrement, elle profite de la moindre occasion pour pousser les cuisiniers et serveurs à la révolte. Perfide, elle guette le moment pour tout faire basculer. Elle gagne à sa cause des vauriens, qui prennent plaisir à se rendre devant le restaurant pour lancer des propos malveillants à l'endroit du propriétaire. Ils inventent des rumeurs susceptibles de décourager la clientèle. Chaque jour, c'est un succès de plus. Nastasia jubile, renforce ses attaques sournoises. Un jour, elle dissimule une bagarre d'indigents devant l'entrée, un autre jour c'est un estropié étalé de tout son long qui obstrue le passage. Elle repère un client, et lui glisse à l'oreille : « Savez-vous ce que vous mettez dans votre estomac en mangeant dans ce restaurant ? Si vous ne le savez pas, je peux quand même vous dire que vous avez l'estomac solide, capable de digérer même du fil de fer. A votre place… » Le client veut en savoir davantage, mais elle disparaît, laissant le malheureux à ses doutes et dégoûts. Un autre jour, après le match national qui a lieu au Parc Vincent, on a invité les joueurs des deux équipes au restaurant pour festoyer comme il faut. Elle fait son numéro de sabotage : « Bande de cornichons ! Vous ne savez pas ce que vous aller manger. A votre place… » Et elle disparaît, sans autre commentaire.

Constatant que de moins en moins de personnes allaient au restaurant, elle juge le moment opportun pour entrer en action et l'acquérir. Elle se montre directe. Elle va voir le propriétaire, prétextant une importante commande pour un grand dîner. Ce dernier surpris, le fixe d'un œil exorbité. Elle parle, parle jusqu'à ce que la conversation tourne à vide et que le propriétaire laisse échapper son intention d'abandonner ce commerce. Le tour est joué. Nastasia la terrible saisit l'occasion pour faire une offre avec récupération du personnel.

« Il faut informer les membres de la famille qui ont des parts dans le restaurant. Cela prendra du temps, quand on sait tous les intérêts personnels qui vont se manifester. » Nastasia la fougueuse décide de brusquer les choses. Elle a une idée géniale. D'éventuels opposants n'ont qu'à bien se tenir. Elle organise un grand dîner gratuit de sa propre fabrication. Au menu, aubergines farcies, crevettes soufflées, acras, lambis marinés et d'autres surprises de son répertoire gastronomique. Elle va elle-même au marché choisir ses légumes et condiments. Ce jour-là, elle est toute conviviale avec les marchandes, qui se félicitent de son surprenant changement d'attitude.

Le propriétaire, invité d'honneur du dîner, se montre tout guilleret, faisant l'éloge de la future propriétaire. Les plus fins gourmets qui n'ont jamais eu l'occasion de se révéler sont présents, partagent leurs avis sur l'excellence des plats et promettent d'être des clients assidus.

Désormais, chaque jour, une file attend devant la grande enseigne qui couvre toute la façade ravalée : « Nastasia Restaurant. Nouvelle administration. »

⚜⚜⚜

25

Honneur! Respect!

Ce jour-là, j'étais désigné volontaire pour vider tout le débarras. Seul. Je charroyais dodines, chaises de paille, lourds madriers, ustensiles de cuisine, bidons, vieilles batteries de la Ford qui gît au fond de la cour. Je me débrouillais de mon mieux pour exposer tout ce matériel moisi au soleil, puis sécher, astiquer, et replacer le tout en bon ordre avant le soir.

Le nordé qui sifflait très fort arrachait les hardes accrochées aux palissades, faisait voler en tourbillon, vieux papiers et pièces d'archives échappés des cartons. Il fallait courir très vite pour sauver quelques feuilles. En les reclassant je découvris des confidences que les parents négligeaient de bien cacher... Les complications de la vie si tenaces qu'on griffonnait pour s'en rappeler et éviter de malencontreuses répétitions.

La tâche était ardue, mais j'en profitais pour pénétrer dans les petits secrets des grandes personnes surtout qu'à cet âge on veut tout comprendre en accablant les parents de pourquois et de comments. Plus tard quand j'irai à la capitale pour ma formation universitaire et qu'on me désignera étudiant en quelque chose, je formulerai différemment mes interrogations pour savoir ce qu'on me dissimulait quand je n'avais pas franchi le rite de passage.

Travail accompli, je prenais un immense plaisir à faire du jogging dans la salle de débarras, si vaste quand elle est vide. Quand je m'arrêtai pour souffler, je percevais filtrant à travers les cours communicantes les conversations hétéroclites de couples se chamaillant.

Peu après, deux amis de la famille sont venus, l'un avec une égoïne, l'autre avec un ciseau à froid et un marteau. Ils ont travaillé avec une exceptionnelle précaution pour installer une sorte de coffre à l'angle gauche de l'entrée.

Honneur ! Respect !

La compagnie est là en visite de courtoisie prolongée. Est-elle venue pour parler du bon temps ? Une bonne odeur de dignité se répand avec le café franc des montagnes bleues... ce même café qui fait le délice des conférenciers aux intermèdes des réunions internationales. Les discussions vont bon train sur la plaine prodigue de l'Artibonite. On parle avec animosité de cette renaissance d'enfants de lumière oeuvrant à la prise de conscience des esprits serviles échappés des tortures de l'esclavage...

D'autres visiteurs inopinés sont venus pour briser la grisaille du quotidien avec leurs rires et francs discours sur les choses de la vie. Quelques femmes en caraco bleu siam ont précédé les hommes. Elles causent beaucoup tandis que les hommes écoutent avec ravissement ces aguichantes créatures qui chaque jour que Dieu fait, se fardent pour rehausser leurs visages de clartés nouvelles. Les plus âgées des sœurs, belles-sœurs, cousines et autres sont plutôt en tenue sombre pour s'accorder à leur âge et prestige. Leurs regards sont clairs et comme remplis de tendresse. La joie inonde les cœurs...La maison n'avait respiré une tel bonheur depuis des lustres.

J'assure l'accueil tout en pensant aux mises en garde contre la dictature de créatures qui jouent la fragilité pour être protégées et servies. Les hommes sont partis discuter sous la tonnelle où déjà des rires gras secouaient les griots satisfaits. Les jeunes ne sont pas encore revenus de la confesse. Mes frères qui sont enfants de chœur s'attardent à la sacristie à plier des habits sacerdotaux, s'appliquent à nettoyer les verrières, à mémoriser des prières latines pour les répliques aux officiants. La candide bonne sœur chargée de leur formation, timide comme une fourmi, leur parle à voix basse. L'organiste pédale, promène ses doigts agiles sur les touches de l'harmonium pour répercuter un morceau du requiem de Mozart. Pendant que de mélodieux accords emplissent l'air, le sacristain alla chuchoter une observation aux hommes qui écoutaient derrière la balustrade. Il avait au préalable fait signe aux gamins de s'écarter.

Honneur ! Respect !

Ça passe ou ça casse. Rite de passage réussi. Chrysalide devenue papillon, on quitte le douillet cocon le visage imprégné des premiers plis de sévérité. Le jeunot retrousse ses manches pour montrer ses biceps aux filles du quartier.

—Mon fils est désormais un homme, dit fièrement le père.

Il y a un fort mouvement de foule au fond de la cour. Les légataires en costumes sombres resserrent leurs liens d'esprit de clan. Certains portent des chapeaux de paille, d'autres des feutres mous et ronds. Les rares non-conformistes portent de larges casquettes. Nul ne s'étonnait de la folle gaîté des filles rivalisant de coquetteries, restées dans le salon à parler de leurs prétendants réels ou imaginaires.

Le conseiller spirituel prodigue quelques prêches à ceux qui se croient croyants pour avoir été baptisés. La discussion est vive. Quelques gouttes de pluie et tout le monde se réfugie sous la tonnelle où enfants, adolescents, jeunes adultes vaccinés s'amalgament. Cousine Elsie parle à son aise. Le père trônant sur un haut fauteuil examine l'assistance sans rien dire, grand père étant présent.

Dans la cuisine, des femmes expertes en art culinaire, tout en enchaînant leurs kyrielles de joyeuses comptines, s'affairent à dégager les condiments et légumes des paniers apportées par les maraîchères du petit matin. Les chaudières sont installées sur les feux tripodes pour la préparation du ragoût de cabri, plat traditionnel quand toute la parenté est réunie.

La pluie a cessé, un vague mouvement de dispersion désarticule l'assemblée.

Soudain, une bruyante engueulade. C'est Hérold qu'on a surpris à tirer quelques nuages malgré son jeune âge. Son père est mort d'un cancer à la gorge pour avoir trop tirer sur sa pipe.

C'est ça le mal congénital, fit l'oncle. Mon frère fumait même des feuilles de choux séchées quand il n'avait plus de tabac dans sa réserve. Quoi reste-t-il d'ailleurs de mourir très vieux si on n'a pas eu de plaisir ?

Honneur ! Respect !

Dans l'entrée, de nouveaux membres de famille fraîchement débarqués s'embrassent, se congratulent. Jacques qui vient annoncer son affectation dans une ville lointaine, remet son képi à sa sœur qui aime les tenues militaires. La fiancée se tord d'un sentiment de séparation ravageuse.

C'est novembre. La ville gémit de ne point voir de soleil. Le feuillage jauni attriste les romantiques. Au colombier de l'église les tourtereaux ne roucoulent pas sur les toits d'ardoises désertés. Ils sont partis vers des horizons plus accueillants. Les femmes dans leurs cours étendent leurs linges sans fredonner les harmonieuses comptines du terroir. Sur les terrasses et les vérandas les discussions sont tièdes. Notre fidèle ami parle de son père comme je parlerais du mien si le temps devenait mauvais et que les hommes de race auraient tendance à collaborer avec les vilains revanchards.

Le rapporteur officiel de la cité, costume drill blanc bien amidonné passe en catimini, rase les murs. Le vieux taco dans lequel il assurait bruyamment sa tournée a rendu l'âme. Son frère plus maigre qu'un fil ne raconte plus dans les carrefours des histoires de sa turbulente jeunesse. L'âge l'a rendu digne comme une cérémonie. La mère dans sa robe de mousseline violette l'écoutait en jetant un regard sur la place où la statue de Dessalines triomphe comme un défi. Dessalines le grand, le fiancé de toutes les Défilé, victime d'un odieux déicide comploté par des compagnons de lutte trop ambitieux. Si les morts pouvaient parler ils pointeraient du doigt Pétion, Boyer, Christophe.

La vielle cathédrale, austère d'architecture est l'observatoire de la ville, le refuge des affligés venant débiter leurs complaintes à des saints sourds. C'est sur son large perron que les devins viennent aussi prévenir des désastreux cyclones qui ravagent les pâturages quand ce n'est une constante pluie qui détruit gouttelettes par gouttelettes les champs d'espoirs.

Honneur ! Respect !

Ma ville c'est sa place... place historique que jamais aucun traître ne falsifiera. L'empereur veille. Ma ville dans ses racines... Gonaïbo la superbe.

Aujourd'hui, place désertée, où vigilant, trône l'Empereur, témoignage irréductible d'homme dur soudé au socle de sa dignité. Dessalines en marbre, airain et fer regarde vers la savane poudreuse où veilla Boisrond-Tonnerre. Gonaïves fait la ronde dans ses murs. Les collabos sont là.

Honneur ! Respect !

Des hommes nouveaux se dressent. D'élégantes silhouettes avancent incognito pour le grand recensement des états civils truqués. Au marché central, des fils éclairés de paysans parlementent avec leurs frères et sœurs en dolman et vareuse. De petites notes circulent de main en main comme jadis dans les soutes fétides des négriers. Une mère est en noir pour annoncer la mort de son fils terrassé par les souffles d'épouvante des armes yankee. Elle porte à son cou un crucifix de chêne qu'elle baise inlassablement. Ce n'est que fait divers. Un fils terrassé par la haine des faucons ne fait qu'ajouter une nouvelle décoration à leurs tueries programmées.

Honneur ! Respect !

Mon aïeul frappe à la porte. J'accours.

—Nous sommes de race noble, proclame-t-il en franchissant le seuil.

Honneur ! Respect ! C'est la vie vécue qui justifie une terrestre mission. L'arbre qui s'épanouit en bourgeons, feuilles et fruits ne fut qu'un grain, dit majestueusement l'aïeul dont les yeux perçants vrillent les consciences serviles. C'est la foi qui nous sauve. C'est le sang versé qui libérera. Il pleut sur les consciences des convictions de titans.

Ecoutant ses paroles, je regarde discrètement vers l'austère statue de l'Empereur qui réitère :

—Chaque traître est un suicidé en sursis.... Laisser s'étendre le verbe. Toute dictature est crime.

Grand-père répétait souvent ces mêmes termes, chaque fois qu'une trahison se perpétuait.

Les faux prophètes et les sycophantes applaudissent en mettant à l'encart la vertu qui aurait engendrée la survivance des vivaces valeurs...

... Les nantis tolérés font la loi et pour se protéger prolifère la confusion et la guerre.

Honneur et respect aux hommes des lumières transcendantales en prise avec les alizés d'un monde perverti. Dans peu de temps ils seront tous hors combat. D'autres hypothèses émergent. Les mouches à ver déjà bourdonnent à la suite de leurs cadavres en marche vers le charnier...

Et tout finira comme l'ont si bien appris les prêcheurs d'évangile.

Honneur ! Respect !

Les jeunes de la cité naissent et évoluent en complaisances d'extasie. Les millions d'hypothèses rassurent peu pour la pleine harmonie des vivants. Des titans apparaissent, disparaissent, renaissent. Le rythme des saisons ne suffirait-il pas à l'enseignement d'un art de vivre ? L'été baigné de lumières phosphorescentes répand fleurs et fruits en myriades de teintes. Pourtant, les dégâts sont immenses. L'homme a raboté la vie en combats inutiles...

Ainsi parla l'aïeul.

Honneur ! Respect !

Je suis retourné dans la salle de débarras. L'ordre est rétabli. Dans les rues enguirlandées les femmes de la cité en dentelles et falbalas défilent en cortège serré, psalmodiant des litanies de passions emmêlées.

Le jour décline laissant apparaître les premières étoiles.

Il est minuit passé. Le calme se fit.

C'était une belle journée, dit ma mère.

26

Boss Sirius

« Boss Sirius » : il était connu sous ce simple nom dans toute la ville et les localités environnantes. Il était tailleur de son métier, et on venait de loin lui confier la confection du paletot croisé dont il avait le secret. C'était dans les années 40. Son épouse, une femme de bonne corpulence, tout en s'occupant bien de la maison, venait souvent lui tenir compagnie, l'écoutait raconter des blagues à des amis dans son atelier de coupe qui occupait tout le salon.

Leur maison en bois au toit de tôle ondulée avait échappé de justesse à l'incendie qui avait ravagé la grande boutique à l'angle des rues Louverture et Clervaux. Comme de bien entendu, ils avaient leur propriété à Bigot, plantée d'arbres fruitiers et de plantes légumineuses. Deux ou trois vaches donnaient du lait et du beurre en telle quantité qu'ils en faisaient profiter les voisins. Des cochons bien soignés couinaient dans un enclos à côté d'un vaste poulailler. De plus, la propriété était ceinturée de cocotiers qui produisaient en abondance. Les cultivateurs chargés de l'entretien des terres amenaient des ânes chargés au marché chaque semaine. Le bénéfice équitablement partagé complétait pour Boss Sirius les recettes de son métier de tailleur.

Leur fils unique, qui vivait à la capitale, fuyant la grande dépression occasionnée par la Deuxième Guerre mondiale était venu se réfugier et profiter sans bourse délier de la générosité de ses parents. Tous les espoirs de successions se reportèrent sur lui. Tout alla bien jusqu'au mariage de cet héritier avec une bru exigeante, qui finit par convaincre son mari de retourner à la capitale pour vivre une vie plus exaltante.

La vie suivait son cours, Boss vieillissait. Sa femme aussi. Les affaires allaient moins bien. Il afferma une partie des terres, en céda une portion, mais jura de ne jamais abandonner son atelier de coupe et de continuer son train de vie habituel, exerçant sa profession à la satisfaction de sa clientèle, recevant ses amis et visiteurs de passage. Sa femme lui préparait toujours avec amour le même petit déjeuner équilibré et les principaux repas de la journée, sans compter les collations.

Un messager venu de la capitale porta une triste nouvelle. Boss connut pour la première fois le poids de la perte d'un être cher. Son fils avait été victime d'un fatal accident de la route en allant célébrer les fêtes de Ville-Bonheur. La nouvelle lui parvint un matin, alors qu'il découpait dans le tissu un paletot croisé pour un négociant de la place qui préparait le mariage de sa fille. Le brave homme toujours d'humeur heureuse, se vit atteint de plein fouet par un grand sentiment de découragement. Au fil des jours noirs qui s'ensuivirent, il fut frappé d'une affreuse congestion de nerfs qui limita ses mouvements, le réduisant à ne plus pouvoir communiquer qu'avec beaucoup de difficultés. Pour dissimuler son mal aux yeux de ses amis qui devinaient son désarroi, il restait parfois des matinées entières dans sa chambre. Sa femme venait souvent l'excuser auprès des clients venus réclamer leurs commandes, mais également auprès de ceux qui venaient chercher sa conversation.

L'état de Sirius empirant, son médecin, un ami de longue date, lui conseilla une retraite anticipée bien méritée. Son obstination lui dicta le contraire. Il veillait parfois pour rattraper le temps et continuer à satisfaire sa clientèle. Descendant de grands héros qui avaient combattu pour leur dignité, Boss Sirius était noble jusqu'au bout des ongles. Mais le lion vieillissait. Les revenus se faisaient maigres, de plus en plus maigres. A ce rythme, il devrait bientôt liquider ses terres et son cheptel.

Un soir de novembre, le médecin fut appelé. Il ausculta un Boss Sirius hagard et amaigri malgré les soins assidus de son épouse. Les documents réunis sur la table de chevet indiquaient bien que tout espoir était perdu. Il dictait à sa chère compagne des instructions pour encaisser les dettes de clients retardataires. Il énumérait les traites au porteur bien cachées sous des tissus dans la grande armoire d'acajou. Mais il n'avait plus la force de se lever pour les sortir.

Ce matin de novembre, triste comme un péché, le docteur venu pour sa consultation donna le verdict final. Ses amis accourus le trouvèrent recouvert d'un drap blanc sous la lumière tamisée de sa chambre où fusaient jadis ses hilarantes histoires et ses rires gras. Il y avait à ses côtés la paire de ciseaux dont il se servait pour les coupes de paletots croisés. Son visage dégageait une expression sereine, comme s'il venait de terminer une blague.

27

Celui qui venait d'ailleurs

Chaque fois qu'un inconnu venait s'installer dans cette cité, c'était toujours le même instinct de suspicion de la part des autochtones. Ce climat se ralluma depuis l'arrivée d'un curieux visionnaire qui vivait sereinement, sans jamais dire son nom. Les gens le laissaient agir sans montrer aucun signe de xénophobie. Il circulait dans la ville, racontait de merveilleuses histoires avec un rare talent. Les adultes s'en régalaient, les enfants restaient suspendues à ses fascinants contes. Les vendredis, il se tenait à la porte principale du marché central entouré d'une masse d'admirateurs qui commençaient à oublier qu'il n'était pas de la ville.

Ayant acquis la considération de l'ensemble de la population, il exprima le désir de se rendre sur le wharf pour parler aux négociants et hommes d'affaires du bas de la ville. Il se disait porteur de grandes nouvelles.

Le jour venu, l'imposant messager debout sur un tas de vieux cannons près de la statue de l'amiral Killick contemplait calmement l'important rassemblement de gens de toutes les couches sociales accouru pour l'écouter. Il resta taciturne attendant que le brouhaha de la foule s'apaise… Soudain, une voix déchire l'air :

— Raconte vieux diseur, cria le plus riche des commerçants, ironisant.

— J'ai des nouvelles pour vous, commença le héraut. Elles ne sont pas brillantes…croyez-moi…. Je dirais même qu'elles sont alarmantes.

…Les démunis fomentent une révolte contre les exploiteurs dont les entrepôts regorgent de provisions tandis qu'ils crèvent d'inanition. L'imminence du soulèvement m'oblige à faire ce détour pour vous prévenir et aussi empêcher un bain de sang.

Les privilégiés alarmés, frustrés d'entendre cette mauvaise nouvelle, accablent d'injures le conteur. Il a suffit de peu pour qu'il ne soit lynché par d'avides commerçants qui ne pouvaient accepter une telle impudence de la part d'un imposteur.

La nouvelle se répandit rapidement. La masse réjouit se préparait déjà à cette éventualité alors que la bourgeoisie consternée prenait des détours pour faire chasser ce prophète de malheurs, cet étranger sans nom considéré comme un dangereux élément de troubles.

Depuis, tout le monde, nuit et jour, guettait cette révolte annoncée, alors que curieusement, un calme relatif vient surprendre la population….

Le vendredi qui suit, on ne vit pas le prophète au marché. On le chercha. Il n'était nulle part.

« Il est peut-être reparti, craignant une action de répression des riches commerçants. » se dit-on.

Soudainement, une surprenante effervescence régna dans l'activité commerciale du bas de la ville. La crainte d'être dévalisés pousse concessionnaires et grossistes à mettre leurs ressources en lieu sûr. Les distributeurs alarmés baissent les prix, offrent des avantages extraordinaires, lancent des promotions alléchantes qui attirent des acheteurs, créant ainsi un mouvement de bien-être exceptionnel. Les cultivateurs accourus de loin avec leurs produits firent des affaires et repartirent joyeux.

D'adroits politiciens tentant de récupérer ce mouvement de libération commerciale organisent des assemblées un peu partout. Ils utilisent pour accroître leur crédibilité, la technique de l'étranger qui adoptait les traditions qui flattent la susceptibilité de la masse.

Un peu plus loin d'un vibrant orateur qui haranguait une poignée de citoyens, quelque chose d'anormal détournait l'attention.... Des gens s'en prenaient avec des gestes de menaces à celui qui leur faisait croire que les événements annoncés par l'étranger allaient inévitablement se produire en dépit du vent de justice sociale qui souffle sur la ville.

Dans la mêlée des chaleureuses discussions, un homme jusqu'ici très discret surgit de la foule, monte jusqu'à l'estrade où trônait le brillant homme politique.

Etonnement général ... Applaudissements à tout rompre ... C'était l'étranger en chair et en os qui voulait apaiser les rumeurs.

—Que se passe-t-il? questionne le conteur qu'on n'avait pas vu depuis son intervention sur le wharf. « On circule le bruit que des envahisseurs locaux vont attaquer la ville et qu'après avoir dépouillé vos maisons, ils vont les brûler. Tranquillisez-vous, vaillante population. Rien de tel n'arrivera. »

Ne connaissez-vous pas désormais une ère équilibrée de justice sociale par la prise de conscience des riches qui ont réagit favorablement à mon habile stratagème?

On voulut demander des éclaircissements au conteur, il se fondit dans la foule et disparaît.

On chercha longtemps, longtemps encore ce curieux visiteur sans jamais le revoir.

⚜ ⚜ ⚜

28

C'était hier à l'Ermite

NOUS AVANCIONS SUR UN SENTIER DE MONTAGNE TOUT À FAIT DÉSERTIQUE quand la pluie se mit à tomber. Pris au dépourvu, nous ne savions plus comment protéger les provisions destinées à la grand-mère à qui nous réservions une surprise. La pluie devenant de plus en plus forte, nous fîmes de notre mieux pour les abriter sous nos habits trempés.

A mi-chemin, nous découvrîmes une grotte. C'était providentiel. Nous nous entassâmes dans la pénombre après avoir essoré nos hardes et mis les provisions à l'abri. Nous restâmes soudés dans cette obscurité préhistorique.

Soudain, une voix se fit entendre dans l'ombre, tout à fait dans le coin des pierres empilées. Au paroxysme de la peur, nous nous rapprochâmes davantage.

« Faites attention. Je suis un ermite. J'habite ici. Là où vous êtes, c'est l'antichambre. Si vous entrez un peu plus, vous verrez comme je suis bien installé. Ici, je joue avec le temps. Je n'ai pas besoin de savoir ni l'heure ni le jour. Ecoutez bien… il y a une source qui suinte en permanence. Pour tout vous dire…je n'aime pas rencontrer les hommes. Ceux sont tous des brutes qui pensent en fonction de gains et de pertes. Mais comme je vous ai entendus parler de votre grand-mère, je vous indiquerai un chemin de traverse pour arriver chez elle le plus vite possible et sans encombre. »

—N'est-ce pas triste de vivre comme ça dans une grotte, isoler du reste du monde ? Comment gagnez-vous votre vie ?

—En vivant dans le calme. Je ne coupe pas les bois. Je ramasse les brindilles tout en nettoyant les lieux.

—Permettez-nous de vous remercier de votre agréable hospitalité.

—Pas besoin de remercier. Vous êtes chez l'ermite. Tout est gratuit dans la nature. C'est l'homme qui a inventé le commerce.

—Comment faites vous pour voir dans cette grotte si obscure ?

—Les yeux s'habituent à l'obscurité.

Nous parlions. La pluie crépitait au dehors bien que l'orage fît trêve. La conversation était enrichissante, agréable. Charmés par la voix du vieillard dont on ne voyait pas le visage, nous ne sentions pas passer le temps. Puis nous nous inquiétâmes : le seul chemin qui conduisait à l'habitation de grand-mère était impraticable après la pluie.

—Il existe un détour, dit l'ermite, connu seulement des initiés. Bonne route. Saluez votre aïeule de ma part.

Nous lui demandâmes son nom. Il garda le silence.

La pluie avait cessé nous sortîmes de la grotte après avoir entendu les indications de notre hôte. Un pépiement de moineaux et de grives jacassants nous accompagna jusqu'à la maison de grand-mère.

29

Leurs racines sont là

LE CHEMIN MONTAIT, DESCENDAIT. LE GUIDE OUVRAIT LE CHEMIN. LES trois hommes essoufflés avançaient péniblement, s'aidèrent parfois des mains pour grimper. Un pic aride leur contraignit à une courte escale. Sur ce plateau élevé, ils admiraient la mer qui s'étalait illimitée en plaques verdâtres, bleues, ocres et enfin oranges sous l'implacable soleil. Le rude Nordé soufflait en plaintes monotones. Daniel assis sur un rocher, plongé dans un tout autre rêve, regardait avec amertume le pays dévasté et l'atroce situation qui n'engendre que misère, irrévocabilité et honte. D'un coup, il se sent plus vulnérable à voir défiler dans sa pensée tous ces êtres chers qu'il aime et qui méritent un sort meilleur. Il se redresse sur ses pieds endoloris comme mus par un ressort, décide de continuer. Les deux autres compagnons habitués à faire le trajet étaient déjà à mi-chemin dévalant la côte Ils attendirent Daniel au Carrefour des Cinq Chemins. Là, ils doivent se séparer allant dans des directions différentes. Ils parlèrent longtemps ayant du mal à se quitter. Ainsi sont les gens du voyage.

Après avoir infatigablement marché pendant des heures à travers les mornes et les plaines, il entra dans la ville qu'il croyait être celle qu'il cherchait. Il en parcourut quelques rues, puis il posa à terre son sac à dos, ôta son chapeau et se gratta le front d'un air indécis. Non loin de là, une petite vieille assise devant sa maison l'observait avec un œil curieux et amusé.

Daniel s'approcha de la maison où il voyait une présence.

—Vous avez l'air un peu déboussolé. Cherchez-vous quelque chose en particulier? lui demanda la petite vieille.

—Bonjour. Je... je suis bien aux Gonaïves, n'est-ce pas?

—C'est bien ce que je me disais, vous n'êtes pas du pays...

—Ne vous laissez pas abuser par les apparences, car j'en suis, madame, j'en suis.

—Si vous le dites... Moi, je suis la fille cadette du pape.

Et comment vous appelez-vous, cher compatriote?

—Daniel. Daniel Viewcarlston.

—Haïtien, n'est-ce pas? Allons, à présent qu'on a bien ri tous les deux, si vous me disiez plus sérieusement qui vous êtes et ce que vous cherchez? Peut-être alors pourrais-je vous aider.

—Vous avez raison. D'ailleurs, vous m'êtes sympathique, je vais vous expliquer. Je suis né à Jacksonville aux Etats-Unis, mais mon père était Haïtien. Notre nom a été quelque peu déformé par la prononciation américaine. C'est ainsi que Viekanson est devenu Viewcarlston.

Mais ce nom Viewkarlston qui sonne mi anglais mi haïtien cache quelque chose de plus grave et qui s'apparente à une situation calculée – un démembrement. Le même phénomène se retrouve en Afrique et même en Asie, partout où les colonisateurs ont vécus. Il y a de virils Martiniquais qui porte des noms féminins: Louise Rose, par exemple. La religion faisant le reste avec l'hypocrisie qu'on connaît, assomme en perpétrant le viol éhonté des consciences. Le phénomène de rejet de soi ave le consentement plus ou moins tacite des personnes est expliqué par les anthropologues.

—Comment! Êtes-vous en train de me dire que vous êtes un Viekanson?

— Précisément.

— De la famille de Presler ?

— C'était mon père. Vous le connaissez ?

— Naturellement ! Dans une ville comme Gonaïves, *tout moun se fanmi*. Et puis, pendant un temps, il était question qu'il épouse une de mes cousines. C'était juste avant que lui vienne cette lubie de partir, précisément pour les Etats-Unis… *Oh! oh!… Me zanmi!… Gade pitit Presler… Se tèt koupe ak papa li…* Et comment va-t-il ? Comment va ton père ?

— Oh, il est mort, voilà plusieurs années. De dépit et de nostalgie. Toute sa vie, il n'a pensée qu'à faire fortune et rentrer en Haïti pour faire profiter le pays de ses richesses. Il y était pratiquement parvenu lorsque son associé l'a roulé dans la farine. Plus que son argent, mon père a alors perdu l'espoir qui l'avait toujours soutenu : revenir en Haïti. Car il était trop orgueilleux pour rentrer au pays sans un sou.

— *Kibagay…* Tu m'apprends là des nouvelles terribles, mon fils… Mais laisse-moi aller réveiller mon mari, il fait la sieste, derrière. Il a bien connu Presler, tu sais…. Viens, entre.

La petite vieille introduisit Daniel Viewcarlston dans le modeste salon et trotta jusqu'à la chambre. Quelques minutes plus tard, elle reparut avec, à ses côtés, un vieux bonhomme hagard, les yeux rougis de sommeil. Il fallut plusieurs minutes à sa femme pour réussir à lui faire comprendre que leur invité était le fils de Presler Viekanson. Son hébétude dissipée, le petit vieux, surexcité, devient alors intarissable. Il posait les questions, faisait les réponses, se levait, s'asseyait, courait chercher du punch dans la cuisine.

Au fil de la conversation joyeusement décousue, le vieux couple eut plusieurs fois la surprise de mesurer l'étendue des connaissances de Daniel sur le pays. De fait, il en savait davantage que bien des gens qui y avaient toujours vécu. Daniel ne leur déguisa pas que depuis la mort de son père, il avait parcouru tous les dossiers de ce dernier, épluché toute la documentation qu'il avait réunie sur Haïti, dévoré tous les livres de sa bibliothèque consacrés à l'histoire de la première république noire.

— C'est prodigieux, stupéfiant! disait le petit vieux. On finira bien par retrouver vos aïeuls et bisaïeuls.

— *Tatawèl* même, compléta la femme, en souriant de bon cœur.

J'ai vu beaucoup d'enfants du pays quitter la patrie et l'oublier. Mais jamais je n'avais encore vu quelqu'un faire la démarche inverse: né loin d'ici, sur une terre d'abondance, et s'intéresser à ce point à ses racines! C'est le retour du fils prodigue! Un *vrèpititkay*!

— A cette différence près que, contrairement à la fable biblique, je reviens les mains pleines...

— Comment ça?

— Ne croyez pas que ce soit la curiosité qui me ramène au bercail. Non... Voyez-vous, l'agonie de mon père fut pour moi un choc terrible. Pour ne rien vous cacher, il est mort à demi fou. Il délirait, parlant sans cesse d'Haïti. Après l'enterrement, je me suis juré solennellement d'accomplir pour lui ce qu'il n'avait pas pu réaliser. J'ai entrepris de solides études en gestion et en commerce international. Au fil des ans, j'ai noué d'innombrables contacts avec des dirigeants de compagnies spécialisées dans la construction, les barrages électriques, l'agriculture. Un seul mot de moi, et dans quelques semaines, leurs équipes débarqueront ici. Mais je veux d'abord analyser concrètement la situation, évaluer et chiffrer les besoins. Si vous consentiez à me servir de guide pour quelques jours, je...

— Mon cher, dispose de nous comme tu l'entends. Dès demain, nous te ferons faire le tour de la ville et des environs, tu pourras examiner chaque recoin et prendre toutes les notes que tu veux.

—Merci…

—Pardon ? Mais c'est nous qui te remercions ! Ma femme et moi étions inconsolables. Tiens, regarde par la fenêtre. Tu vois la place de l'Indépendance ? Elle est toute sèche, toute dénudée, pas un arbre, pas un banc pour y prendre le frais. Tu te rends compte ? La place de l'Indépendance, livrée à l'abandon et aux mauvaises herbes ! C'est là la tragique image de notre pays aujourd'hui. Mais grâce à toi et à ta piété filiale, nous nous reprenons à rêver que notre Haïti chérie va enfin pouvoir se relever.

GLOSSAIRE

Anolis: genre de petit lézard trouvé uniquement aux Amériques.

Ayibobo, abobo: Amen! Si tout le monde est d'accord, on crie *Ayibobo.*

Anye yo bwè lwil la
Yo te pare on bokit pou yo:
Ils ont bu une purge de cheval.
On leur avait préparé tout un seau.

Aryenafè: personne vivant volontairement dans l'oisiveté.

Bakoulou: Malin. Qui utilise des discours flatteurs pour tromper.

Bali bwa chofè: allez-y à fond.

Bayakou: Homme de peine chargé de nettoyer les latrines, exerçant généralement son activité au coeur de la nuit.

Blanmannan: Blanc pauvre. Les Blancs qui arrivaient en Haïti pas la mer, les mains vides.

Bòkò: hougan, prêtre vaudou pratiquant la divination et la guérison.

Bogota: tacot bien entretenu et qui résiste à l'affront des ans.

Bòk: noyeau.

Bougonnen: tablette de maïs soufflé cuit dans du sirop.

Boukousou: pain très consistant fabriqué avec de la farine de manioc.

Bwasonyè: buveur invétéré, alcoolique.

Cadets du Christ: Groupe de jeunes fondé par le révérend Père Marcel Simon.

Cigarettes « Comme il faut »: marque de cigarettes fabriquées par la Régie du Tabac et des Allumettes d'Haïti.

CRS: Compagnie Républicaine de Sécurité.

Deblozay: émeute, grand désordre, pagaille.

Epitou, aléou lavoum: après tout allez vous faire voir ailleurs.

Fort Benning: Lieu de formation militaire aux Etats-Unis d'où sortirent bien des tyrans des pays d'Amérique du Sud et des Caraïbes.

Fouyapòt: personne d'une curiosité excessive qui aime à savoir sur la vie des autres.

Gangan : diminutif pour hougan, qui joue le rôle de prêtre dans le vaudou. Le gangan est doué de capacité de guérison et de divination.

Glòdin : boisson composée, légèrement alcoolisée.

Grandon: grand propriétaire terrien.

Gwagwa: vieille voiture qui marche tant bien que mal.

Ibo: Nom d'une divinité dans le vaudou. Danse folklorique qui montre la souffrance des esclaves faisant l'effort pour briser leurs chaînes.

Jakopievèt: courtiser avec force flatteries.

Jouroumou pa janm donnen kalbas: Un giromon ne donnera jamais de calebasse. Telle mère, telle fille.

Kachimbo: pipe en terre cuite.

Kal: fessée.

Kalòt: soufflet.

Kay Grann: terme utilisé par les militaires et miliciens qui opéraient la nuit pour désigner le Fort Dimanche.

Kaysolèy: un des principaux quartiers de la ville des Gonaïves.

Kibagay: Exclamation qui marque l'étonnement.

Kleren: boisson alcoolisée à base de jus de canne. Le *kleren* est le rhum du peuple.

Kòb: unité monétaire haïtienne. Ancienne pièce de cuivre d'un ou de deux centimes. Par extension, argent, situation de fortune.

Kraze: menue monnaie.

Krazekouray ; sucre d'orge très coriace.

Kwi: moitié de calebasse évidée.

Lakoutimounoun: une cour dans le quartier de Raboteau où se tient à vase clos, réunions politiques et cérémonies vaudoues.

Lanmèd: merde!

Mabi: bière composée de racines de mabi (rhamnus elliptica), de gingembre, de cannelle, de muscade, d'anis de goyave et d'ananas. Le tout bouilli, filtré, mis en bouteilles hermétiques, conservé à l'abri du froid et de la chaleur. Le mabi peut être aussi obtenu avec du jus de patate fermenté.

Madansara: oiseaux très coloriés, babillards et bruyants.

Makout: valise en pite de paysan.

Men piyay: affaire en or à saisir.

Mi: faux pion introduit au cours d'une partie de dominos.

Mounvini: qui n'est pas originaire d'une localité, d'une ville.

Moutòl: bouillie épaisse de farine de mil chandel.

Nekè poko pase: On a pas encore vu Necker.

Nou wè misè mwen
nou wè traka mwen

kom gade misè map pase
sa fèm lapen wo wooo
mpwal kenbe 2 - 3 sirik nan lanmè
poum fè lavi m wooo....
Yo pete ... eee:

Regardez ma misère// Voyez ma peine // Quand je vois toute cette misère dont je suis l'objet// Cela me fait de la peine wo wo oo // Je fais pêcher deux ou trois crabes dans la mer pour me nourrir... On a pété ....

Oh! oh!... Me zanmi!... Gade pitit Presler... Se tèt koupe ak papa li:

Mes amis! Regardez le fils de Presler... Il ressemble à son père comme deux gouttes d'eau.

Oh! Oh! Mon ché! Ou pa janm di mwen ke ou te fimen: Ça alors, tu ne m'avais jamais dit que tu fumais!

Oufò: temple vaudou

Ougan: prêtre vaudou.

Parenn: parrain, nom donné au maître d'un péristyle. Conseillé très écouté dans une communauté.

Pigi: genre de bois très dur qui selon la croyance populaire protège des forces maléfiques.

Pikekole: jeu pratiqué avec un ceinturon enroulé. On pique un bâtonnet qui doit rester à l'intérieur du cercle formé par le ceinturon.

Pimanzwazo: petit piment très piquant.

Pratik: client régulier.

Rabòday: rythme particulier dans le rara qui utilise beaucoup de mouvements de reins.

SHADA: Société Haïtiano-Américaine de Développement Agricole.

Sak vid pa kanpe: Ce qui est vide ne peut pas se tenir debout.

Sanmanman, sans foi ni loi.

Save: quelqu'un qui est très instruit.

Soukètlarouze: agent de perception de taxes dans les marchés ruraux qui se lève très tôt pour surprendre les marchands.

Tatawèl: ancêtre très lointain.

Tikatkat: enfant en bas âge.

Tisalopri: petit vaurien

Tout Ti se mètdam: Tous les Ti sont des magouilleurs.

Tranpe: infusion à froid de racines, de feuilles ou de fruits dans de l'alcool.

Tout moun se fanmi: on est tous de même origine, de parenté commune.

Vrèpititkay: vrai enfant de la maison. Vrai fils du pays.

Yanm: racine riche en farine... très utilisé dans les cérémonies vaudoues.

Yanvalou: Danse dans le vodou pour supplier, pour demander une faveur.

Zagoudi: animal introduit en Haïti par les Américains durant l'occupation pour détruire les serpents.

Zèb madanmichel: herbe qui pousse en abondance dans les plaines, utilisée pour nourrir le bétail.

Zòbòp: Personne faisant partie d'une secte ayant contact avec Baron Samedi. D'après la croyance populaire, les *zòbòp* peuvent métamorphoser un être humain en animal.

Zotobre: personne fortunée qu'il soit Blanc ou Noir.

www.ingramcontent.com/pod-product-compliance
Lightning Source LLC
Chambersburg PA
CBHW030342310726
48979CB00001B/156

* 9 7 8 1 4 2 5 1 9 0 7 6 7 *